imaginist

想象另一种可能

理想国
imaginist

Dubravka Ugrešić

多谢不阅

THANK YOU
FOR NOT READING

[荷]杜布拉夫卡·乌格雷西奇 著

何静芝 译

云南出版集团
云南人民出版社

我坐在桌前,
面对我荒诞的一生。

——约瑟夫·布罗茨基

目录

序章   1

早安   9
市场   45
乡下亲戚   107
没有尾巴的生活   153
好了,再见吧   221

尾声   269
致谢   285

序 章

"你好啊,屹耳①。"他们高兴地招呼道。

"啊!"屹耳说,"你们是不是迷路了?"

---

① Eeyore,《小熊维尼》中的驴。——译者注(如无特殊说明,本书中注释均为译者注)

雪茄工

大约十年前,我去参加伦敦书展开幕式。主要嘉宾是琼·柯林斯(Joan Collins)。她作为英美知名演员,又是新晋作家,还是杰姬·柯林斯[①]的胞姐,自己又刚刚出版了第一本小说,为书展开幕可谓实至名归。琼·柯林斯穿着俨然格言般短小精悍的服装出场了:粉色香奈儿小礼服,粉色瓜皮小帽,脸上罩着纱网,平添一丝妖娆。我像被催眠了似的,随着潮水般汹涌的参展群众往前走,这股潮水跟随着前面各电台摄像机组成的潮水,紧紧地跟在琼的身后。琼微嘟双唇,十指轻触展台上的一本本书,有如轻触维密高级内衣。

此番情景与文学有何关系?几乎没有。那么为什么要说琼·柯林斯的粉色礼服这样琐碎的话题?因为当今的文学生活已经被琐事压垮了,围绕作品的琐事似乎已经比作品本身重要:书籍销售文案似乎已经比书籍本身重要;书

---

① Jackie Collins(1937—2015),著名言情小说作家。

封上作者的照片似乎已经比书里的内容重要；作者在大报与大电视台的亮相似乎已经比作者究竟写了什么重要。

许多作家不适应这种拥塞着书商、编辑、中介、分销、经纪、公关、连锁书店、市场部的人、电视台摄像机和摄影师的文学环境。文学链中最重要的两环——作者与读者，从未像现在这样，隔得如此遥远。

那么留给作者的是什么？永恒吗？和平年代，一本书在被虫蛀烂化为纸浆前最多不过有三十年寿命（战争期间更短），却要让作者自欺欺人地把永恒作为命定的评价标准？正义吗？越来越多的坏书被吹捧，越来越多的好书被忽视，作者还能寄望于所谓更高的文学正义给他什么回报？读者吗？他们已经被眼前的大型连锁书店、机场书店和亚马逊迷得神魂颠倒，作者又能指望读者做什么呢？

一个作者如果不遵守市场法则，就会旋即丧失生存空间。一个读者如果不随市场引导而消费，要么被迫断食，要么只能把读过的书再读一遍。如今，那些心中还有文学的作者与读者，其实都在过着一种半地下的生活。文学市场已被书籍生产者主宰，但生产书籍并不等于生产文学。

作为读者，我希望有自己的作者。各种说得天花乱坠的书封简介挑花了我的眼，但几乎没有哪本能满足我的阅读品味。书店越来越像五光十色的大卖场：外包装看起来都很好，味道却都叫人失望。就像经过转基因后徒有其表而丧失其味的蔬果一样,所有书籍——无论好书还是坏书——也都随着时间的推移,变异成了主流文学。

作为作者,我也希望有自己的读者。

一两年前,我曾收到一封从危地马拉寄来的信:

> 这周末我去了危地马拉市,住在公主饭店。比起土豪云集的美洲广场,我更喜欢这里。公主饭店保存了一种英式风度:光线柔和,有暗色木墙裙,所有东西看起来都茸茸的、软软的。我坐在大堂里。旁边一桌坐着两个美国人。他们都像生意人,穿白色正装衬衣,打领带,而且像所有美国人一样,说话声音有点响。所以,我的报纸也看不下去了,只好听他们说话。突然我很惊讶地发觉,他们并不是在聊营销策略,也不是在聊站稳危地马拉市场之类的事;他们在聊文学。我知道你肯定不信,但他们提到了你的名字,而且提的时候,话里话外透着钟爱。有那么一刻,我想过去跟他们说,我是你的朋友,但我没有这么做,你知道我这个人怕难为情的。多亏这样一件小小的事,那一整天我的心情都很好。

这就是我那位去了危地马拉的朋友给我写的信。当然我不相信他,但看了这信,我的心情也变好了,而且一连好了几天。我想象着危地马拉恢宏的城市景观（虽然我没去过），想象着我的两个穿着白衬衣的书迷，在这样的景观之前，以透着钟爱的口吻（这是最叫我开心的一点）聊着我的书的样子。

既然说到中美洲，我也就顺便想起了最近听到的一则关于古巴的知识。原来，古巴人中教育程度最高的人居然是卷雪茄的工人。实证表明，手卷雪茄是一项相当枯燥的体力劳动。雪茄工人整天像上课那样，一动不动地坐在板凳上卷烟叶。好在，古巴素有雇用朗读者的传统，朗读者坐在高台上，手拿话筒和书，朗朗诵念。工人们就一边卷叶子，一边听。

我想象，在一个逼仄的车间里，沉闷的热带空气凝滞着，蚊蝇飞舞，雪茄工们的眉梢滴下汗来，他们边打瞌睡，边卷烟，边饮下汩汩冒出话筒的文字的清泉。在我的想象里，那些文字肯定不是卡斯特罗的讲话。而一定是文学。每一支雪茄都饱浸着人类的汗水，每一支雪茄都饱含了由话筒流出，并在雪茄工人昏沉的脑中如回声般低吟的语词的韵律。

在这番关于古巴的想象中，聆听者并不只是被动地聆听。相反，多年工作积累的世界文学精华，将他们的文学鉴赏力磨砺得像剃刀一般锋利，每一个误用的词，每一个引错的典，都会引起他们的反应。只要不喜欢自己听到的书,他们就会大声喝倒彩,并把又粗又沉的雪茄,丢到可怜的朗读者身上。

人们说古巴最好的雪茄要四百美元一支。如果依着我,价格还得再往上涨两倍不止。试想,如果那些高级雪茄工真的在工作时听取了一整个图书馆的资源,那么,也许世上的某一些雪茄,就是乔治·斯坦纳亲手卷的也说不定呢。

乔治·斯坦纳这样的大学教授是否能买得起雪茄烟,我深表怀疑。但琼·柯林斯一定买得起。就让这个畅销书作者去为雪茄烟埋单吧!我想这,也算是一种文学上的正义了。想到文学正义的声音虽然微弱,但总算有声音;其道路虽险且阻,但毕竟能走成闭环,真叫人欣慰。

那么我呢,我也想用我的方式来履行一次文学上的正义。我承认自己有时虚构起来没边,但这也没办法,毕竟虚构是我的营生。于是,我近来给我的一个朋友,一个特别好的作家,也去了一封信。

亲爱的 M.W.：

一个月前我去了一趟孟菲斯。到第 540 号马路路南著名的游戏厅餐馆吃饭。点的自然是汉堡和可乐。负责点单的是个没精打采的印度小伙。由于等了好久东西都不来,我就去柜上找他。我知道你肯定不信,但我真的看到他躲在柜台后面,坐在一个倒扣的塑料箱上,全神贯注地在读你的书……

2000 年

早安

小猪跟跳跳虎解释说,小驴屹耳的话你可别往心里去哦,因为他这个人一天到晚都是这样不开心的;可是屹耳有台阶却不下:没有没有,其实我现在心情特别好。

文学梦

在市场主导文学的文化环境里,无产阶级,也就是我们作者,是最痛苦的。所有作者中,又以东欧作者最令我同情,也许是因为我自己也是那批声名狼藉者中的一员。

美国与西欧作家曾长期嘲讽他们的东欧同行尸位素餐,说他们看牙不要钱,住房不要钱,度假上免费的作协度假屋(dom tvorchestva),偶尔竟还能住到独栋房子(dacha)。但他们狡猾地对自己的尸位素餐守口如瓶,比如他们创作的自由,他们靠写作获得的奖金、资助,他们为写作设立的基金会、举办的活动,比如他们出书有国家补贴、有外国译介,还能以艺术家之名免费入住度假别墅(作家之家)。如今,西欧作家依然享有这些权益;而东欧作家的权益已全数归零。

我必须承认,这个零让我脑壳疼。每天晚上我都做噩梦,感觉自己整个人都斯拉夫了,就像情景喜剧《艾伦秀》里说的那样(我感觉自己脾气大、心情差、情绪低迷,整个人都斯拉夫了!)。

比方说，我梦见一个很大的露天集市，我们一大群农民都在集市里卖自己种的菜。我的摊子上可怜巴巴地摆着三个甜菜头。伟大的俄国作家尼古莱·瓦西里耶维奇·果戈理在我面前停步。"你的甜菜长得真好，"他说，"与其说是甜菜，不如说更像土豆。"

我还梦见自己的牙齿一颗颗地掉了出来，变成了我尚未写出的作品集里的一本本书，书名分别是：《门牙》《槽牙》《犬牙》……

我又梦见自己是某小部落的一员，部落坐落在西伯利亚森林里，我奉命修书，要记载整个部落自有文字以来全部的文学，正往一块西伯利亚驯鹿鞣革上雕刻部落文学的开头。

我梦见自己是豪尔赫·路易斯·博尔赫斯，不仅奇迹般地复活了，而且还能看得见东西。他碰了碰自己的眉毛，变成了保罗·科埃略。

总而言之，我的梦都很吓人。不久前我还梦见自己被战争犯拉多万·卡拉季奇①捉住，他为了折磨我，要我在

---

① Radovan Karadžić（1945— ），原波黑塞族共和国总统，1995年因斯雷布雷尼察大屠杀被前南斯拉夫问题国际刑事法庭以战争罪和种族灭绝罪起诉，此后一直在逃，直到2008年被捕。逃亡期间，他化名德拉甘·达比奇在贝尔格莱德一家私人诊所做心理医生。2016年被判处四十年监禁。自1968年来，他曾多次出版诗集与小说，其诗作被誉为"充满了人道主义和斯拉夫精神"。

男女老幼面前朗诵他的诗歌,甚至逼我背诵,而且每天都要抽查。

我也梦过自己是欧洲南部一个叫克罗地亚的小国里最伟大的作家,该国主席给我颁了一块奖。

"祝贺你!芬基尔克劳①先生!"主席一边把奖牌挂到我脖子上,一边说,接着,他展示出国家领导人的风范,亲了亲我的嘴。

"可我不是芬基尔克劳!"我惊恐万状。没有人听见我的喊叫,大家都在热烈鼓掌。

我还梦见自己是琼·柯林斯,得了诺贝尔文学奖,正在准备去斯德哥尔摩时的受奖辞。梦中我浑身冒汗、体似筛糠,很难说我究竟在怕什么:是获奖紧张呢,还是因为琼·柯林斯居然也能获奖?虽然在梦里,时年六十有余的我看起来只有三十岁,但这也没能给我什么安慰。

在另一个类似的梦里,我变成了伊万娜·特朗普,并被选为国际笔会主席。这个梦比诺贝尔奖那个好多了,因为任命完毕后我们就去了广场饭店(Plaza Hotel),所有作家都在那里点到了18.99美元一位的下午茶。

我梦见费奥多尔·米哈伊洛维奇·陀思妥耶夫斯基老是从他的坟里出来给我打电话。

---

① Alain Finkielkraut(1949—),法国哲学家、作家、公共知识分子。

"Ah, koleshka, ty moja koleshka...①"他叹息着。

"我又不是你的同事！你为什么总是来烦我？"我嚷道。

听筒那边陷入死寂。

在最近的一个梦里，我变成了萨尔曼·拉什迪，我把自己赚到的所有钱都捐给了一个致力于保护阿尔及利亚作家和所有其他受威胁作家的基金会。出于某种原因，这个梦叫我特别心烦，我就去找心理咨询师。

"你为什么不干脆改行？"

"什么叫干脆？是彻底不写了吗？"

"干吗不呢？重塑自己！"心理咨询师好心地劝我。

我还真的听了劝告。在一家葡式餐馆找了个女招待的工作。有个同事有时下班后会一边喝红酒一边背佩索阿给我听，那段时间，我与文学的接触仅止于此。我再也不做文学噩梦了。我的梦变得令人神清气爽。比如，我梦见自己是一个飞着为顾客送餐的葡式餐馆女招待；一个超人女招待。客人们走前将小费抛向空中，而我彬彬有礼地接住，引起在座食客的一片掌声。

1996 年

---

① 俄语，意为：啊，科列什卡，你是我的科列什卡……

出版提案

在市场主导文学的文化环境里,写出版提案是最重要的技能之一。提案是一切的基石,没有它,就没有书。这就是为什么那些有志于在时下竞争激烈的图书产业中做出一番成绩的作者都应将《如何写好出版提案》(*How to Write a Successful Book Proposal*)奉为圣经。

"行,好……"编辑对着听筒囫囵说道,"你的稿子我收到了,但在你交出版提案前我什么也不想做。"

出版提案是什么?出版提案是一本书的概要、大纲。好的出版提案是什么样的?好的出版提案能吸引编辑读稿子。相当好的出版提案什么样?那样的提案让编辑一看,即使稿子还没写,他就已经愿意出版了。

一份好的提案必须有钩、有饵、有胶。至少前文提到的那本书是这么建议的。它必须能吸引住编辑,必须能避免或至少拖延自己的稿子飞入垃圾桶的时刻的到来。

"我找不到我的钩。"艾伦抱怨道。我的这位朋友几乎已经中断了写作,几个月来,她一直致力于写出一份完美的出版提案。"比起写两页梗概,我更写爱小说。"她说。

"你就当自己是在写征婚广告,感觉可能会好一点。"我笨拙地试着安慰她。

一份好的出版提案还必须说明书籍面向的读者类型。要怎么下钩,我还能稍微摸到些门道,但读者的类型怎么可能预判呢?

"那你就当是在替哈里森·福特[①]写剧本,感觉可能会好点。"艾伦建议道。

艾伦不知道,她的话是多么地一语中的。因为最像出版提案的就是剧本,一种对想象中电影情节的有效描述。

十九世纪,法国,年轻妇人嫁给外省医生,渴望爱情,煎熬在平庸的丈夫与自己先后结识的两任情人间,不堪愧责之重负,最终自杀。本书读者类型为女性。

"很好,"编辑说,"把十九世纪改成二十世纪,再多加一两个情人,就行了。让那个丈夫也有点戏份,比如,让读者发现他其实喜欢男人。最后别写自杀!没人信。"

十九世纪,俄国,上层社会已婚妇女坠入爱河,抛夫弃子,投奔爱人,被社会排挤,爱人从军,她卧轨自杀。本书读者类型为女性。

---

① Harrison Ford,美国男演员,主演了《星球大战》《夺宝奇兵》《银翼杀手》等作品。

"棒极了！"编辑说，"两姐妹，一个在苏联嫁给克格勃高官，却爱上了异见人士。另一个移民法国，嫁给平庸的外省医生。一九九〇年，两姐妹重逢。各种闪回，两种生活、两个女性不同的命运。表现共产主义垮台后东西欧的幻想与幻灭。名字就叫《两姐妹》，现在就给我写！"

首战告捷，我心中有了勇气，甚至有点喜欢上写出版提案了。近来我什么别的事也不干，专门在家写出版提案。我不畏艰难地写出了《追忆似水年华》的提案。该提案惨遭拒绝：太无聊了，太长了，书名改一改……

就这样，我开始检验起市场。伪装后的莎士比亚最受好评。《尤利西斯》完全不行。《没有个性的人》虽然我是以肥皂剧的口吻写的，但还是被扔进了垃圾桶。《哈德良回忆录》被扔进了垃圾桶。《维吉尔之死》也被扔进了垃圾桶。好吧，我承认伟大的欧洲作家们写起东西来多少有点清汤寡水。但就连海明威也不行，虽然我好不容易卖出了《老人与海》。不过我把它稍微改头换面了一下，特别强调了整个故事的生态意义。我还把老人改成了一个年轻俊美、同性性向的古巴流亡者。这个提案立即被采纳了。

整件事情之后，我觉得自己明白了一件事。那就是：为什么人类会喜欢市井闲话？因为人类总是对发生在其他人类身上的事情感兴趣。市井闲话是人与人之间残存的最后一点彼此关怀。文学中，闲话是最基础的文学类型。成功的出版提案必须是成功的闲话小品。畅销书不过是闲话小品的加长版本。许多伟大的文学作品,其实就是一大串一大串的闲话。比如《战争与和平》。托尔斯泰真是一代大师,没有他写不了的东西。西方文学的奠基石《圣经》乃是历史上最伟大、最激动人心,恰巧也最有利润的闲话之书。希腊神话无非是豪门闲话。那些经久不衰的闲话,全是跟神仙有关的。

我没什么好抱怨的。虽然我已经好几年不写东西了。我是说,我已经很久没有写出一行我自己的东西了。这些出版提案完全占据了我的创作生活。我变得越来越草草不恭,修饰伪装越来越少,刚才,我给一个编辑发了一份《百年孤独》的出版提案。

"内容就算了!"编辑说,"没人能看明白。不过这么好的书名,没有理由不用一用!"

1996 年

代理与星探

两年前,我在美国一所规模较小的大学里教过一年文学。根据以往的经验,我知道外籍人员抵美后有那么几件例行的公事要办理。其中就有办理医疗保险这一项。外籍教师学员办公室给了我一张表格,我工工整整填好了,附上一张支票,只待我的保险代理给我解释一些细节性事务,一切就算办妥了。我给代理公司去了电话,他们说我的代理名叫斯奇普·伍迪,不过他不在。我留下自己的号码。斯奇普·伍迪没有给我回电。我打了三个月电话都没有找到他,决定亲自跑一趟。斯奇普·伍迪还是不在,但办公室里的人建议,斯奇普·伍迪负责的这个险种不好,让我换个好的。我又填了一张新的表格,并附上支票。这次负责我的代理人不叫人名了,叫一个数字:3424。过了一段时间,我又给代理公司去电话,找3424。3424也不在。一个月后我又打过去。

"我找3424。"我对姗姗来迟的接线员说。

"哦!你说斯奇普·伍迪啊!不好意思啊,他不在。"

这个一人代理两个公司医疗保险的斯奇普·伍迪，神出鬼没，一直到我要回国了都没出现。医药费不算多，我都自己掏腰包付了。我买的两份医疗保险一点忙也没帮上。

"你真不走运呐。"当我对同事吐槽这件事时，她耸耸肩这么说，好像我买的不是某种明确的服务项目，而是彩票。

出版代理的情况也差不多：跟他们打交道我也没走运过。你永远找不到他们的人。我想，能在电话里听到出版代理的真声，可能比接通白宫电话更难。你永远不可能与出版代理建立起牢固而稳定的关系。

我的所有出版代理都是女性。其中三个有秘书：都是亲切帅气、知书达礼的年轻男性。以前我只在肥皂剧里见过男秘书：先是《豪门恩怨》(*Dynasty*)中，邪魅的阿丽克西斯的英俊秘书戴克斯特，再是《英雄美人传》(*The Bold and the Beautiful*)里充满热情地服务在年长职业女性身边的英俊小伙儿。

出版代理都是从哪里找来的呢？我不可能尽知，但反正我自己的出版代理都不是从普林斯顿或耶鲁这样的名校毕业。我的第一个出版代理是个家庭主妇，厌倦了一成不变的婚姻生活，决定在商业投资领域一试身手，实际上她的投资不仅不花一文钱（邮费都是我出的，赚来的钱她分一成），而且还能提供她与外界联络的机会，聊解她小镇生活的空虚与寂寞。我的第二个代理从业前在银行任职

(我的收入她分走一成半)。

我的第三个代理曾是她代理公司的秘书，后来晋升为老板。因为一个小有名气的作家推荐，她答应把我加到她的名单里。从此就没有了下文。我曾打电话找过她，但她似乎总不能记住我的名字，也记不住我是谁。

"我就是那个你收过四次1%提成的人啊！"我说。

"嗯……"她事不关己地说，"你刚才说你叫什么？"

后来我才知道，她为什么老是忘了我的名字：原来她名单上有三百多位作家。

第四个代理倒是能记住我的名字，但她又总是搞不清出版社的名字。她把Feltrinelli说成fettucine[①]，把Gallimard说成Gauloises[②]，把Einaudi说成Audi[③]。她工作的提成是一成半，但她从来不工作，除非把合同寄出去签字也算工作。

一级代理、星探、二级代理……蜘蛛般的罗网已遍布整个当代文学市场。星探四处打听、混圈子、参加派对，用实际行动证明仅仅是活着也可以是一种职业。他们探听与文学产品有关的市井新闻，捕捉住几个新名字，再把这些名字吹到一级代理与二级代理的耳朵里，后两者之间的

---

① 一种扁而厚的意大利面。
② 法国香烟品牌，以其烟草香味浓烈而闻名。
③ 奥迪，德国汽车品牌。

关系相当密切，就像斯奇普·伍迪与3424。比如，一个英国一级代理可能在法国有二级代理，后者在英国可能有三级代理——与一级代理是同一人。一个作者从一家代理公司换到另一家也许只不过是换到了同一公司的二级代理公司。此番经历过后，作者别无他法，只好任凭自己怀着被害妄想在同一个怪圈里无助地兜转。我不知道只有知名代理公司才能进入的上层出版社会是何种景观，但我想大概差不多。所区别的可能就是他们花的和赚的钱，都比小代理要多得多。

仅就游戏规模与焦虑程度来说，出版社会中大部分阶层的代理与作者都还不那么糟糕。上层出版社会就不同了。那里云集着办起聚会来一掷千金的富人，云集着社会名流、明星编辑、明星代理、明星出版社。在那样的传媒熔炉中，书刊出版只是顺手而为，没有什么利润；请一次餐饮艺术师（也就是厨子）的费用，比给严肃文学创作者的预付款高出好几倍；那里到处都是影视明星；莫妮卡·莱温斯基回忆录的发行量是马塞尔·普鲁斯特全集的一千倍之多。简言之，在那样一个权贵的世界里，一切都是不同的，至于具体怎么个不同法，我不知道，因为我从未跻身过。

说到这里，我又怀着某种柔情想起了我的第一个代理。几年前在一个欧洲书展上，广播里突然报出了我的名字，要我去某个地点见某个人。这段广播重复了三遍。当我来到指定会面地点时，等待我的人是我的代理。

"这主意好不好？！"她高兴地说。

"什么主意？"

"你的名字被广播了三次呢！"

我的代理没有为这个新颖的推广方案向我收费。广播找人是不用花钱的。

我还在继续寻觅我的代理，希望有找到好代理的一天。前段时间我找到了一个毕业于耶鲁大学的文学博士，因为他的口碑不错，我就把自己的稿子寄给了他。过了一段时间，我收到一封信：

> 我读了您的书稿。作品优雅、不凡、不落窠臼。换言之，在美国，很难找到出版社愿意出版这种本质上十分"欧洲"的作品。我是一个欧洲文学爱好者，虽然遗憾，但我还是必须澄清一个事实：美国出版社（与读者）对欧式散文风格的抵触，是无法战胜的。虽然偶有例外，但那毕竟是偶然。恕我无能为力，也无法给出更乐观的回复。
>
> 谨复

同一时间，欧洲的代理也给我寄来了一封信：

虽然还未拜读您的书稿,但我知道它一定是部相当出色的作品。然而,想把它卖给任何一家西欧出版社,目前来说,都是相当困难的。东欧文人已经不时髦了,虽然遗憾,但这毕竟是事实。连索尔仁尼琴都很难找到出版社出版,我们还是等时气好一些后再说吧。

衷心地问候您

与此同时,过去出版过我作品的一家克罗地亚出版社,也给我来了信:

嘿,你已经被尘封十年了,你的读者肯定已经把你忘了。现在还会买你书的人,绝不超过一打。已经没人读国内作家的作品了。他们讨厌反体制作家,拥护体制的作家他们又觉得恶心。然后,书这个东西又贵。原因反正很多,但结论只有一个。现在只有克罗地亚版《我的奋斗》卖得好。情况就是这样。

敬上

1999 年

低薪作家

当一个作家不仅埋头写作,还关心起周遭的文学环境时,他最好对此事保密。千万别声张。声张此事无异于折断自己赖以栖息的枝条。鸟就不会这么做。而诗人也是一种鸟,不是吗?他们也会唱歌。每个写作的人都不要忘了,自己的心里正藏着一个诗人。

但既然我们聊的是出版业,还是来举一个与产业相关的例子吧。一个作家关心文学环境,就好比一个本该安于在传送带前某一岗位工作的工人,突然开始询问传送带的工作原理、工厂的结构,突然开始关心在自己双手间传递的小钉子的命运,俨然他是个老板。这样的工人,是应该马上炒掉的。

许多作家都无法直面自己的职业名称。过去我填写表格上职业一栏时,经常写打字员。后来这种美好的职业消失了,我又填翻译,这样显得我比较正经,因为翻译好歹是个职业,而作家鬼才知道是什么。作家碰到的困境与酒鬼相似:他们无法坦白自己。每当与编辑谈话、参加文学晚会、接受采访，需要我说出自己的职业前，我都会好好地提醒自己：我是作家！我是作家！我是作家！而且我总是用英语说这句话，很可能因为，我看过的有戒酒协会的电影都是美国人拍的，所以记忆里我是酒鬼这句话，也都是用英文说的。

一个人自轻会导致另一人自负。商业世界大抵据此运作。因为我对商业世界不是很了解，故此说大抵，但我对像我一样同为作家的人还是有一定了解的。一个作家只要对自己是否成其为作家存疑（真正的作家永远会这样），便不能踏实地认为自己的职业可以冠以作家之名。这样的作家在为自己因文学而付出的努力收费时，总是难为情。所以出版业会拿这些自轻的从业者来营利。

"你以什么为生？"

"我是个作家。"

"这个不算……如今谁还不是个作家？我是问你的职业，你靠什么赚钱？"

真正的作家都有自轻的问题，即使受到大众承认，他们依然被怀疑所困扰。即使获了诺贝尔奖，这种怀疑也不会消失，甚至会愈演愈烈。这我不是瞎说，因为我以前真的碰到过这样一个诺贝尔奖获得者。自轻的人就像一只谁都可以打的沙包；任何人经过时都会打上一拳。真正的作家心里，总是怀着愧疚，觉得其他人都在干正经事，只有自己在做这种无关痛痒也没什么用处,好像只有特权阶级才能做的事(虽然,也没有人付钱给他)。这样的作家总是特别崇敬物理学家、木匠、外科医生这样的人;这样的作家就像苍蝇或蠕虫,轻轻一捏,就扁了。

一旦有人打着人本主义的旗号去求他,一个自轻的作家会立即答应分文不取。一旦某些国家的人抱怨说文学式微,自轻的作家会二话不说,答应免费发表自己的作品。因为他把钱看成馈赠,他以写作为生,不以赚钱为生。所以经常出现在作家之家的作家,都是些自轻的作家。在那里,他们充分沉浸于孤独之中,靠着微不足道的一点学者补助和一间免费的小房间,写着自己的伟大杰作。写完后,再收取一笔绝不超过他编辑月薪的稿费。

在文学的领域,有着许多这样谦卑的工作者,他们知道自己的位置,也安于自己的默默无闻。我曾遇到一个作品我已经相当熟悉的美国作家。她的书被译介到南斯拉夫,裱以华丽装帧。护封上赫然印着一幅作者像,像中作者双眸璀璨,说明写道,该书风靡美国。我第一次去纽约时,我在出版该书的出版社里做事的一个编辑熟人,带我去看这个作家。此前我从没见过活的美国作家,更别说活的美国畅销书作家了。她的地址听起来就叫人神往:布鲁克林高地。我按动门铃,一个胖胖的中年妇女把门打开了。我心想,哦,这是作家的保姆。结果这就是作家本人。我来纽约时,护封上的照片与原型之间已经产生了不小的偏差。后来,我了解到,原来她的作品除了塞尔维亚－克罗地亚语,没有别的外国译本。

"你好,南斯拉夫的读者朋友。"她说。她的话里透出一种迷人的忧郁。

她住在地下室,厅中堆着很多垫子。原来是用来教肚皮舞的。

"我靠这个赚钱。"她说。

她带我在布鲁克林高地转了转。

"这是诺曼·梅勒的故居,"她自豪地指着一栋房子说,"我经常碰到他。他有时还跟我问好。他会说,你好,玛丽。"

每当我想起这位忧郁的作家兼肚皮舞教师玛丽时,我的心都会隐隐作痛。我心中的作家举起她抗议的拳头,然而她不知该向谁宣泄。难道歌德也需要教人跳肚皮舞为生?我问,难道屠格涅夫和托尔斯泰也要这样吗?我追问;我等待答案,可没有答案。

我明白,还是闭口不言的好。让我们继续像枝头的鸟一样歌唱,让我们安于这个柔软而轻盈的比喻,并希望,有人能不吝撒下几粒面包渣吧。

1996 年

社会主义现实主义万岁!

　　不知为什么,商品文学的创作要求,总让我想起我们的老朋友社会主义现实主义。不可否认,有这种想法或许是受了东欧这一创伤的影响。加上我总爱四处游逛,看问题难免杂糅些。也可能这种生搬硬套只是源于我的怀旧之情。但怀旧不是很正常吗?凶犯们把我的国家都亡了,我所爱的书都被歹徒烧成了灰,难道还不允许我怀旧吗?

　　如今几乎无人知晓什么是社会主义现实主义了。东欧文艺工作者对这个词有一种近乎过敏的应激反应。在过去的半个世纪里,为了推翻社会主义现实主义,东欧文艺工作者想出了各种妙计。他们抡起大锤亲手将这一主义狠狠砸死,怀着入骨的仇恨,残暴地抹去了它曾存在过的痕迹,于是今天,再也没有人能够解释社会主义现实主义之廷杖是什么。它的主旨已被封存在由穆希娜雕塑的工人和集体农庄女庄员(Rabochy i Kolkhoznitsa)纪念碑里,封存在了莫斯科电影制片厂的厂标里,封存在了这一词汇的创造者、它的生父约瑟夫·斯大林身上;对西欧人来说如此，对东欧人亦然。

让我们简单回顾一下：社会主义现实主义，要求艺术工作者忠实地、史料般确凿地记叙革命现实。这种忠实的、史料般确凿的、对革命现实的艺术化记叙，还必须起到重塑意识形态、对工农进行社会主义精神教育的作用。社会主义现实主义文学，必须是一种大众文学，必须要说教。在这些要求下，一种围绕正面人物与反面人物相互斗争而进行的小说类型诞生了（类似《超人大战莱克斯·卢瑟》），此外诞生的还有生产小说与教育小说等。

如果只从社会主义现实主义本身来看，这种艺术形式其实是特别欢乐的，即使当它表现较为黑暗的主题时也不例外。我个人最喜欢的主题是残障，它由尼古拉·奥斯特洛夫斯基首创，表现这一主题的小说《钢铁是怎样炼成的》，被认为是社会主义现实主义的奠基之作。这本小说写了一个在战争中失明的盲人英雄，乐观积极，最终克服了一切困难。相似的还有南斯拉夫电影《正义人民》(*Just People*)。主人公有一男一女：男的是工程师，缺了一条腿（一个在战争中负伤的军人），女的是个年轻盲人医生。两人相爱了。他们终日勤劳克己，他辛勤地建设着未来的社会，她努力地在医院里当医生。两人常一起去滑雪：工程师靠一条腿，医生靠记忆。医生冒着很大风险接受了一次手术，恢复了视力。我永远也无法将那辉煌而美满的结局从我的心中抹去：跛腿的工程师，与曾经目盲的医生，在一个雄伟的社会主义水坝上相遇了。他们的吻，伴随着震天的水声与激奋的工人的掌声，永远地留在了我的文化记忆里。

社会主义现实主义不仅是一种欢乐的艺术，而且还是一种性感的艺术。你很难在别处看到这么多健美的身体，这么多携手搅腕的晒草员和拖拉机司机，这么多工人和农民，这么多强壮的男男女女。用现在的话说，你很难在别处看到这么多阿诺德·施瓦辛格、罗珊娜·巴尔[①]和西尔维斯特·史泰龙，凝聚成这样一个充满力量的集体。社会主义现实主义是一种积极、欢乐的艺术，你很难在别处找到这样坚定的对光明未来的信念，这样颠扑不破的邪不压正的真理。

难是难，但在商品文学产业中，你可以找到。如今，大部分文学产品要想成功，只需简单地表现出社会主义现实主义所要求的进步观即可。书店的柜台上，成堆书籍都在表现同一主题：怎样克服个人缺陷，怎样改善个人境况。盲人重获光明、胖子减肥成功、病人康复、穷人变富、哑巴会说话、酒鬼戒了酒、无神论者找到了信仰、倒霉蛋

[①] Roseanne Barr（1952— ），美国演员，因"干练果敢的工薪阶层妇女"形象而广受好评。

交上了好运。所有这些书都在用信仰个人光明未来的观点去感染大众。而正如奥普拉·温弗瑞向自己的全球信众明确指出的那样：个人之未来光明，则集体之未来光明。

为了卖得好，商品文学必须说教。于是，出现了数不胜数以怎样为标题的书。怎样这个，怎样那个——《钢铁是怎样炼成的》。高尔基的《母亲》使压抑中的苏联无产阶级妈妈得到了安慰，美国畅销名作《史黛拉怎样重获新生》也治愈了千百万个压抑中的黑人无产阶级女性。

当代商品文学追求现实、积极、快乐、性感，直接或间接进行说教，面向广大读者。由此观之，它也在用个人胜利（即某种善对恶的胜利）的精神，在思想上对劳动人民进行教育和改造。这也是社会主义现实主义。

社会主义现实主义诞生至今已有七十余年。这个故事里没有东欧作家的位置——我为他们感到遗憾——因为这些人没有勇气站起来捍卫自己的艺术，他们非但没有向那些辛勤耕耘的社会主义现实主义老作家学习立足于当代文学市场的技巧，反而把他们当作垃圾丢掉了。他们亲手打死了他们自己的孩子。

社会主义现实主义已死。社会主义现实主义万岁！

1996 年

见工具，识工匠

当代图书市场热烈拥护一种民主观念，即人人能写作。这一观念本身，与这一观念所带来的实践行为，都可以带动消费。因为虽然人人能写作，但只要是工匠，就得有工具。

这样说的书不胜枚举，它们面向有潜力写作的人，指导他们如何开发自己有限的天赋，成为作家。书市中五花八门的DIY类书籍开始致力于培养大师——既然说的是写作，要学的东西自然很多，比如《真希望我刚开始写作时就懂得这十二件事》。

初学者先从各文学体裁的市场现状读起——比如《小说与短篇故事作者的市场》，然后，学习应该去哪里、去如何兜售自己的稿子（《出版进行时：每个写作者都应该知道的事》）。接着，去看看指导自由撰稿人如何赚钱的书（《自由撰稿的赚钱之道》）。如果成事心切、耐心不足，还可以参考关于高效工作习惯、如何提升稿费，以及介绍行业窍门的书（《写得多，卖得多》）。信奉慢工出细活的人，则可以选择读《按部就班写小说》。

初学者可以参考《写作起步指导》与《如何写出并卖出你的第一本小说》，后者在撰写充满力量的书稿方面，给出了洞见深刻的指导。

人的天赋各异，每个作家都有短长，这一假设也得到了市场的利用。一个写不好对话的人不妨翻一翻《对话描写》。写不好人物时，也许《塑造人物情感》能帮上忙。如果感觉人物太空洞，还有本书叫《树立鲜活的人物》。就算人物缺乏真实感，《动力型人物》一书告诉我们，他至少还能起到推进情节的作用。然而，如果想写出有血有肉、深入人心，同时又能推动情节的人物，就一定要读读《怎样塑造读者喜爱的人物》一书了。

觉得已经彻底掌握了人物塑造，但小说还缺乏张力时，就应该去买《引人入胜的小说艺术》，该书作者承诺向大家揭示平庸故事变为不朽杰作的要诀。如果觉得自己在描写方面功力还不够上乘，《为辞添彩：怎样使描写生动》也许会派上用场。如果觉得自己的文章越做越长，绝不可掉以轻心。《精简式写作词典》将教会写作者们如何写出零脂肪薯片般又薄又脆的小说。

文学市场中，存在着各式各样的作家、各种各样的体裁；不计其数的题材，可供有天赋的人随意取用。讨论这些问题的书也有。写科幻题材的人，绝不可不先研读《外星人与外星社会》。写平凡生活的人,则应该看看《人生故事》。大量教人如何写出心声(《写出心声:怎样写出并卖出自己的人生经历》)、怎样贩售自己人生故事(《个人经历写作:怎样将人生写成畅销小说》)的书籍充斥了市场。

教人各种有趣技能的书有很多:比如,怎样构思情节(《二十个大师级情节,以及它们是怎么写出来的》),怎样写推理小说(《作家罪案大全》),怎样写言情小说(《怎样写言情小说》),怎样写宗教小说(《怎样创作并发表宗教小说》),怎样写历史小说(《怎样写出逼真的历史小说》)、儿童文学、旅行文学,以及剧本。

更有专业杂志介绍怎么给小说开头结尾、去何处发掘人物、怎样写畅销书(《怎样给小说收尾》《怎样发掘人物》《十二步写出畅销书》《找到并塑造故事的灵感》《五大要点帮你塑造成功人物》《一篇好文章的七个要素》)。

如果你写作的天赋难以涌现,还有各种音像、影像、课程、研习会,甚至心理咨询师,来帮你心中的作家走出桎梏。后者的广告上写着:解锁你的写作天赋!在无所不包、应有尽有的美国市场,或许只有指导你怎样写指导类书籍的书籍,是找不到的。

还有一种书,专门面向傻瓜、白痴与其他形形色色智商不足的人群。怀着归属感,我选了一本面向最后一类人的书,娜奥米·埃佩尔(Naomi Epel)的《观察套件:写作工具包》。该书作者是名专业的文人陪护师,专门在作家巡回宣发时打理他们的日常。虽然这个工具包比普通指导类书籍要贵上一倍(售价 19.95 美元),我还是狠狠心投资了。因为,物以稀为贵。而且,文人陪护师这样的人,肯定是很有文学素养的。"我几乎每天都陪护一个不同的作家。"工具包的作者如是写道。

《观察套件:写作工具包》的外观是一个硬纸板盒。盒中有两层抽屉。一层放着一本书,另一层放有卡片。一共五十张,分别对应书中五十个章节。每张卡片上都有一段话,对应的章节会对这段话做出解释。这个工具包现在就摆在我桌上。我据此来磨砺自己的技艺。

每天早晨,我在桌前坐下,开始洗卡片。我把它们面朝下盖在桌上。然后一张张翻开,顺从地按照卡片的指示去做。

了解时事。卡片指示道。我去最近的报亭买了份报,按照工具包作者的建议,我说不定能从报上找到故事灵感,因为那毕竟是杜鲁门·卡波特和汤姆·克兰西灵感的来源。

将焦距拉近再推远。另一张卡片指示道。我坐在椅子里,把脚搁在书案上,想象自己是一台照相机。我先把焦距推上自己的大脚趾(该修指甲了!)。又推到桌上各种东西身上。在这个过程里,我发现了很多事。比如,顶架上的积灰实在太厚了。据说这个练习能使写作者的视力变得敏锐，提高纵深感受力。我做了十分钟。

确立一个仪式！原来许多作家伏案写作时都有一个小仪式。杰克·凯鲁亚克喜欢点一支蜡烛，毛姆必须戴一顶专门的帽子。我每天伏案写作前的仪式就是翻开《观察套件：写作工具包》里的五张卡片照着做。

呼吸！呼吸有助于创作，工具包的作者说。呼吸对体内通道起到疏通作用，能让灵感循环更为流畅。呼吸时，不妨同时对自己默诵一段文字。这段文字可以是名人名言，可以是诗句，可以是一个名字，甚至可以是一串毫无意义的声音。我默诵的文字会据时而变，一般是自己正在想的事。我一边呼吸一边对自己说："别忘了付电话费。别忘了付电话费。"这个练习我一般做十五分钟。

换个频道！据悉，许多作家写累了或者写不下去时都会换个频道。改变能帮他们解决创作上遇到的困难。莱斯利·马蒙·西尔科①曾遇到无法给小说收尾的问题。她发觉自己很讨厌窗外那堵白墙，于是出去买了油漆和刷子，开始漆墙，最后漆出一条色彩鲜艳的五米长蛇，蛇腹内画满人类的头骨。莱斯利重新伏案，一下子就把小说写完了。我喜欢换频道。每当翻到这张卡片时，我就拿出吸尘器，花十五分钟给公寓除尘。

---

① Leslie Marmon Silko（1948— ），美国印第安女性作家。

必须承认,我最喜欢翻到的卡片是出去走走。翻到这张卡片后我就像桑顿·怀尔德、威廉·萨洛扬、托马斯·伍尔夫、雷·布拉德伯里、卡洛斯·富恩特斯与其他许许多多作家曾做过的一样,离开案头,出门散步。《观察套件:写作工具包》的作者认为,作家散步时也在工作,并不算浪费时间。换言之,散步是行走中的写作。所以我非常注重散步时间,绝不在工作时间结束之前回去。

1999 年

集 会

大厅挤满了各种学术界与非学术界的优秀女性知识分子代表,大部分是美国人:有搞文学的、有搞研究的、有搞艺术的。其中有一个研究蜘蛛的著名专家(蜘蛛女!),几个历史学家,一个研究印度尼西亚后殖民时期状况的专家,有一个研究中国历史的专家,有两个数学家,有一个性别学音乐学家,有两个性别学哲学家,有一个儒学家,有一个尚未完成其关于秘鲁的稿件的人权记者,有一个著有一部关于艺术与精神分析学书稿的学者,有一个享誉业内的海藻生命专家,有一个著名性少数诗人,有一个人类学家,有一个著名布须曼人(Bushmen)专家,有一个海豚专家,甚至还有一个盲人摄影师——总而言之,大厅里聚集着三十几个书稿还没发出去的人。

主办方给了我们时间表,提醒我们:"不要浪费代理和编辑的宝贵时间!宣讲要短小精悍!你们只有五分钟介绍自己的研究内容,十分钟跟编辑或代理谈话!"

编辑与代理分处不同房间,房间门上挂着他们各自的姓名。我们每个人的时间都被严格规定出来，比如：2:00 见 X 先生；2:15 见 Y 女士；2:30 见 Z 女士。

我精确地在约好的时间出现在了著名文学代理人 X 女士的房间里。

"您是……？"她边查时间表边问。

我报出我的姓氏。

"东欧人？"

"是的。"我简短地回答，无意进行地缘政治方面的深入探讨。

"真巧啊，"她面露喜色，"再过几天，我就要去你们东欧啦！"

"东欧哪里？"不知为什么，我也开始面露喜色。

"唔……罗马尼亚？还是保加利亚？我得再看看活动介绍。"她亲切地说。

"你去干吗？"我问，虽然这不归我操心。

"我们有好几个人要去……都是出版和代理的人。就是去看看文学行情。找个年轻的保加利亚作家。试想现在，市场上连一个保加利亚作家都没有。你有认识的吗？重点是，这人必须要年轻貌美！"

"为什么？你到底是文学代理还是恋童癖？"我脱口而出。

"哈哈哈哈!"她由衷地笑起来,"恋童癖……"

她边笑得花枝乱颤,边瞥了一眼手表,接着伸出手来。我也伸出了我的手。同时,我也看了看我的表,发现自己必须在两分钟内赶到Y先生那里去。

"你是说,散文。"

"是的。"我尽量精简地回答。

"你觉得这么说就行了?"

"您是什么意思?"

"我是说,你说得这么理所当然,难道不觉得需要解释解释吗?"

"我不明白……"

"这就好像,你大大方方地给了我一卷诗集,却完全不觉得难为情一样!"编辑生气了。

"诗集有什么问题吗?"

"你究竟是从哪个星球来的!什么问题?诗集没有销路!彻底没有希望。杂文也一样!"

"好吧。"我顺从地说。

"你为什么不把它写成口述文学呢?"

"写成什么?"

这时候,我的朋友——布须曼人专家——走了进来。我只好带着这个未解之谜离开了。两分钟内,我需要找到编辑Z先生的房间。我在走廊里遇见一个饮泣的哲学家。

"把儒家学派浓缩在五分钟里,我怎么讲!怎么讲?"

总之,集会在欢乐的气氛中圆满结束了。学术界与非学术界的优秀女性知识分子的代表们,饥肠辘辘地来到接待处,喝着白葡萄酒,大吃苏打饼干与奶酪。一边塞得满嘴都是,一边还在交流着各自与著名编辑和代理会面的情形。至于编辑和代理,他们也找到了他们的明星:那个海豚专家。

海豚专家瑞秋与我擦肩时说:"我研究海豚已经十七年了,出版社现在要我在这份来之不易的知识里找卖点。我该怎么办?"

"那你就找啊,瑞秋,"我说,"看在海豚的分上,找到它的卖点!"

几天后,我又遇到了艾伦,那个艺术与精神分析学家。

"你知道吗,"她说,"我们这个集会让我受益匪浅。可能你不在乎,因为你是东欧来的,但在我们这里,卖点很重要。不考虑卖点就没人给你出书。所以,我打算换一个研究方向。或者至少,加一个论述精神分析学与动物的章节。当然,必须是艺术作品中的动物。你觉得呢?"

"你不必道歉,艾伦,"我说,"开了这么多会,我也决定要把新小说的名字改一改了。"

"改成什么?"

"《我所知所爱的那些海豚》!"

1996 年

市　场

有时他难过地自问:"怎么回事?"有时他问:"为了什么?"又有时,他问:"因为什么?"——还有一些时候,他也不清楚自己一直以来都在追问什么。

文学与民主

在西方民主国家的公民心里,长存着一个经久不衰的刻板印象,即曾经的东欧国家都把自己的人民看作数字,不认为他们拥有个人自由。而今,既然这些曾经的东欧国家都已被像廉价杯盘一般打破,这种刻板印象,自然也应随之被打破,但世上最难抛弃的就是刻板印象。有了它,我们会觉得不那么孤单。

马克西姆·高尔基曾说:人民,自豪是你的声音!这句话对东欧大众实现个人解放的鼓舞作用比法国大革命更大。任何一个西方民主国家的公民来到南斯拉夫,必然都会有诸多困惑。我猜下馆子可能会是他深入接触共产主义的第一个契机。我们的西欧人一定记得餐厅侍应阴郁的表情、短促的回答、从牙缝里说话的习惯,以及他们挥舞着餐巾,好像要抽打顾客的样子。他也一定记得那些仿佛等待圣餐般战战兢兢地等待着食物的漫长时光,记得自己如何骇然心想:这里的侍应为什么不侍应?这里的伙计(那个自己耐心等待了三小时后却对自己大吼大叫的人)为什么不干活?为什么?因为人人平等的观念已经深深根植于共产主义国家,因为那个餐厅侍应和那个商店伙计,小时候喝的奶里就已经溶入了人民,自豪是你的声音!这句话。我可以肯定,那个餐厅侍应同时还在写一本小说,他觉得自己与其说是侍应生,不如说是暂时受雇于餐饮业的小说家,而那个商店伙计下班后绝对都在画画,自认是个打了份小工的伦勃朗。

曾经,在南斯拉夫(虽然用一个灭亡了的政体来举例子似乎不太好),不仅有作家联合会,还有一个正式的平级单位:业余作家联合会。该联合会的会长是个电工。我是怎么知道这回事的呢?因为我读过他的小说,而且特别喜欢。

如今,几乎所有的前共产主义国家都在机械奉行着一种后共产主义民主。侍应生开始殷勤适应;如有需要,他们会用曾经挥舞在手中的餐巾,为您擦鞋。怠慢客人对商店伙计来说已经不可想象;相反,就算不作要求,他们也会自觉自愿地在休息时间积极提供额外服务。

与此同时,人民,自豪是你的声音!这句口号,辗转迁徙到了它理应归属的西方世界。我在这里(美国)的电视上看到一个妓女。妓女说:"我不是妓女,我是提供享乐的社会活动家。"我也读到过一则毁了整个萨拉热窝的拉多万·卡拉季奇的采访,他坚定地说:"我不是怪物,我是个作家。"我还在电视上看到过一个十二岁的小孩,她出了一本书。"我很小就知道,自己会成为一个作家。"她自信满满地说。

我该说什么,生活在文学民主的世界里,我的自信已经受到了极大打击。我已经不知道自己是从事什么职业的人了。我已经不知道自己是谁,要去哪里了。

我不想去帕纳塞斯①。不想与厨子、电工为伍。我并非对他们有反感。毕竟人人平等——身为人民,厨子也好、电工也好、作家也好,始终令人自豪。但帕纳塞斯已沦为一所低廉的工会疗养院,而我对这种集体性的享乐主义并不陌生,无意再与写小说的司机分享罐装肉酱和干面包。但另一方面,即使受到邀请,我也绝不想去那另一座高山——奥林匹斯,那里全是新晋诸神,受雇于休闲文化产业的缪斯,狂热地围绕在热卖作家、文学巨头与好莱坞普鲁斯特们周围。

想到这里,业已迷失自己的我突然明白了一个道理:也许我也是个社会活动家,因为除了社会活动,我没有干过别的事。我整夜与莎士比亚、歌德和托尔斯泰同眠,深挖我未来赖以生存的手艺秘诀。我在詹姆斯·乔伊斯身下

---

① 希腊高山之一,相传是主司艺术与科学的缪斯女神的故乡。后文的奥林匹斯则是希腊最高的山峰。

挥汗如雨,研习最高深的文学技巧。为学习诱人就范的甜蜜法则,我曾把许许多多作家带到自己床上,其中甚至有俄国人,甚至有一次两个的时候——伊里夫与彼得罗夫[①]。为学习如何满足文学的需求,我先后与大仲马、拉伯雷和哈谢克睡在一起。我把许许多多个夜晚献给了许许多多的人,丝毫没有挑剔之心:无论男女老幼,无论性向如何,是维克多·雨果、玛琳娜·茨维塔耶娃,还是阿瑟·兰波、奥斯卡·王尔德,我来者不拒。

当我觉得自己准备好了,我便出师,就业。我用自己的唾液去软化笨拙的语词,给我闷闷不乐的文学客户提供刺激。我脱下矫饰、欲拒还迎、百般引诱,无所不用其极,迫使我的读者用他油腻的手,继续翻到下一页,再下一页!我舔舐、轻咬他的耳根,只为了让这只耳朵,这只肥大的耳朵,能为我湿润而诱人的软语打开一条通道。

这必须算是社会活动家了吧?我真是当之无愧呐!作为一名社会活动家,我将誓死捍卫这份职业的尊严!

1997 年

[①] Ilf and Petrov,指苏联著名讽刺作家伊利亚·伊里夫与叶夫根尼·彼得罗夫,他们共同创作了《十二把椅子》《小金牛犊》等作品。

人类灵魂的工程师

西方文学理论作为一门研究体裁、类型、风格、结构、范式、规律、衍义、本义、论述、形式、程式、文本、元文本、互文本、语义、符号、解构的学科，几乎从没有研究过钱在一个文本的生成过程中所起到的作用。我明白这块研究不归它管，但研究一下也不啻为一件趣事。

曾有人采访一位以写作短篇故事而知名的美国当代作家，问她："是什么让您不再写短篇故事，而改用小说的形式写作？"

"小说的预付金有六位数。"作家说。

六位数的预付金！大家听了这个原因，也许都觉得合情合理。事实上，我敢打包票，许多人甚至更喜欢这种答案，因为它彻底消解了作家这一职业的神秘性。有些人甚至可能对这个作家产生妒忌。比如我。

琼·柯林斯曾预支四百万美元稿费，却没有如约交稿，出版商提起诉讼，媒体却给予她一边倒的支持。据说琼之所以违约，是由于创作热情高涨，在原定的六起凶杀案基础上又多写了一起之类的缘故。记者们一致为柯林斯女士辩护："难道出版商期待的是一本当今的《尤利西斯》不成？"最终，出版商败诉。

市场无所谓意识形态，它已将意识形态冲洗一净，露出了交织着华丽与荣耀的纯粹而诱人的内核。市场的决定必受万众拥戴，鲜有人从道德维度思考问题。工作价值由工作报酬决定。但人们没有看到，其实无论是商业市场，还是意识形态，它们对作者的专业水平要求，其实都是一样的。

苏联的非商业文化时代，尤其是斯大林执政时，对作家技艺的专业化来说，可谓是功不可没。苏联诗人的稿酬取决于诗歌的行数，很难说史诗的大量涌现与此无关。苏联小说家的稿酬取决于页数，恐怕社会主义现实主义小说的鸿篇巨制与这个细节也不无关系。文学史专家们会说，将社会主义现实主义强行纳入十九世纪现实主义文学的范畴是值得商榷的，虽然它是斯大林主义文学－意识形态系统的主要原则之一。他们这样想并没有错。然而，这两种主义的内核并不相互排斥，而是相互支撑的。

我坚信，正是斯大林主义这一严师，教导出了专业化的文人。它将作家变成了真正的专业人才，出师于它的作家们要是能活到今天，纵横驰骋国际文学市场绝不是问题。斯大林时期的作家必须严守社会主义现实主义的游戏规则，专业与否决定了生死。这些规则不仅事关意识形态，也事关经济价值。文学作品必须能被大众理解；搞先锋派实验派的大傻帽没有存身之处。一个人必须有惊人的体力和脑力，才能在建造水坝之余将其书写成文，才能在泥泞的集体农庄劳动一天之后，应出版社要求写一本大众能够与之共鸣的小说。一个人必须运用纯熟的叙事技巧，才能在压抑创作冲动与文学品味的同时，咬紧牙关，在一个给定的框架内写出符合常识的内容。只有真正具备专业精神的人才能办到。任何无法适应意识形态市场的作家，都会落入悲惨的境地。恰似如今无法适应商品社会要求的作家，都只能回到自己的无名与贫困中凄惨度日。

当代商业市场中的职业作家同样需要把握作品的类型。他们知道，任何离经叛道的做法都是不允许的，情节必须按照题材的标准与大众读者的期望来安排。他们知道任何偏差都可能带来作品的失败，把握文学题材的脉搏则会增加成功的概率。如今的言情小说、医院小说、恐怖小说、好莱坞小说，以及其他各种林林总总的流行小说，不过是古早的社会主义现实主义生产小说的商业社会变体。简而言之，如果斯蒂芬·金发迹于斯大林时期的俄国，斯大林奖一定非他莫属。

斯大林主义者那句备受嘲讽的标语——人类灵魂的工程师，拿来形容如今的高产作家应该也再合适不过。工程师在工厂里做事,对吧?那在出版产业里做事的又是谁呢?是那些蒙缪斯眷顾的柔软灵魂吗,还是想必也包括灵魂工程师在内的产业工人?

斯蒂芬·金只是现代数不清的灵魂工程师中的一员。这位顶级作家的新作给他带来了高达一千七百万美元的顶级预付金。但在它所属的那个时代,灵魂工程师们获得的预付金,只是终会到来的历史犯罪感、成箱的伏特加、肝硬化,以及随时可能响起的敲门声。

过去,培训高素质专业人才的是意识形态,如今则是商业市场。那些玷污文学缪斯之荣耀的作家——法捷耶夫[①]、格拉德科夫[②]、富尔马诺夫[③]——已经死了。谁还记得他们的名字?他们活着是失败者,死后依然是失败者。他

---

① 亚历山大·亚历山大罗维奇·法捷耶夫(Alexander Alexandrovich Fadeyev,1901—1956)苏联作家,政治人物。以描绘俄国内战的《毁灭》和卫国战争中的地下抵抗运动的《青年近卫军》知名,曾长期担任俄罗斯无产阶级作家协会主席和苏联作家协会总书记。1956年5月13日在赫鲁晓夫的迫害和折磨中自杀身亡。

② 费奥多尔·瓦西里耶维奇·格拉德科夫(Feodor Vasilyevich Gladkov,1883—1958),1904年加入马克思主义团体,次年因从事革命活动被捕,获三年监禁。1945年至1948年,历任文学杂志《新世界》干事、《消息报》特约记者及马克西姆·高尔基文学研究所的所长。1949年获斯大林文学奖,被认为是苏联社会主义现实主义文学经典作家。

③ 德米特里·安德烈耶维奇·富尔马诺夫(Dmitriy Andreyevich Furmanov,1891—1926),作家、革命家、军官,俄罗斯无产阶级作家协会成员。1923年出版小说《恰巴耶夫》,在苏联流行一时。

们的书上积满了灰。可是今天的商业作家，他们还活着，他们的名字还在被传颂。他们的影响遍及整个星球。人们尊敬他们。当然，他们能预支的稿费数额如此之大，很难不令人尊敬。

所以说，斯大林时期的作家理当受到称颂，毕竟他们曾如此兢兢业业地促进了文学的专业化，发掘出了文学商品化的套路，为迎合大众阅读的兴趣而做出过奉献。在这里，让我们向我们技艺精湛的大师、我们人类灵魂的工程师们，脱帽致敬！

1997 年

作为文学谈资的作家

前段时间我读了一位女作家的采访,我们就叫她 X 吧。她告诉我,从文最重要的是成为一个无法回避的文学谈资。诚然,X 的天赋只属二流,但她有证券经纪人般的灵活与机智。她口无遮拦地说出的这个论断,其实是当代文坛的一个真相。而接受采访时的 X,的确也已经是一个谁也无法回避的文学谈资了。

"X 女士曾说过一句精彩而深邃的话,人生是善与恶永不停息的较量。那么,人生对您来说是什么呢?"曾经,有个记者就这样问我。

当时我没有勇气问记者,能不能从瓦尔特·本雅明说的话里挑一句问我。说瓦尔特·本雅明,我还有点信心。结果我还是不得不对 X 女士精彩而深邃的话发表感想。当然我也可以拒绝发表感想,但这样做有点矫情。为什么矫情呢?因为我自己不也正在狂风暴雨的文学之海上,奋力地划着我的小船,想要抵达成为一个无法回避的文学谈资的彼岸吗?

要成为文学谈资，一个人必须从出生起就抱着自己总有一天一定能做成的信念。因为只有这种信念能让他拥有那种表情和那种步态（仿佛正有好几台摄像机同时跟着他似的），这种感觉很难找，它要求一个人具备高度自信。而在文坛，或者说在世界上任何领域的交锋中，一个人能做到高度自信，就已经赢下了战役的一半。

要成为文学谈资，最好的办法就是——利用其他文学谈资。一本书的销售文案，虽然看起来与此无关，但其实就是这种利用。如果在绝妙、惊人、有力、真正的盛宴、感人至深、奇迹、愉悦、诙谐、好笑、奇巧、直白、委婉、优美、迷人、吸引人、光芒四射、鼓舞人心、有挑战性这些推荐语后面，加上一个文学谈资的名字，那么谈资世界的大门就向你打开了。而且这个谈资也不一定非得是作家。写比尔·盖茨或麦当娜的推广效果，要比写君特·格拉斯好。

曾有个南斯拉夫作家写了一本小说，由于某个市场计算的失误，竟全球大卖。该书作者由于成功中到了文学上的彩票，感觉自己亏欠文学史，着手又写了另一本书，书中收集了自己作为畅销书作者所收获的所有溢美之词。这本书俨然一个独特的文学神龛，龛中供奉的可能不是作家本人，而是销售文案大神。

一个作家如果想进入谈资们的世界，就必须开放、不孤僻、擅长交流，换言之，就是哪里找他，他就得去哪里。另外，在成为谈资前，他（如果天生不具备这一能力的话）还必须学说一些便于记忆、平铺直叙的话，以便被收存进所谓的永恒真理的宝库，即名人名言词典。一般而言，访谈类节目是作家平等地向自己潜在的读者提供与自己一起进入精神家园的最佳场域。这个精神家园不一定非要很高。语言越平易近人，越通俗易懂，作家就越受到爱戴。他的话也就越能成为谈资。而只有说出的话能被人谈的作家，自身才有希望成为文学谈资。事实上，好作家的话是不太容易重述的。平庸作家的话要简明直白得多。实际上许多好作家也已经参透了业内的这个奥秘。技艺精湛的大师们在自己作品的各处，都撒下了一些适合重述的话语。谈资们知道，当代文坛不是由水平高和水平低的作家组成的，而是由有人提和没人提的作家组成的。

　　作家成为谈资后有什么不同吗？没有，虽然，只有成为了谈资，才有机会成就作家的终极形态。没有人会费心去评估谈资型作家是否优秀。谈资型作家的作品编辑不会读、书评人不会读、其他谈资型作家不会读，就连评奖给这位谈资的评奖人，也不会读。一旦成为众人的谈资，就等于获得了文学世界的外交豁免权，有了无须辩驳、无人挑战的文学权威性。也意味着从此后能仅仅靠着自己是个谈资的事实为生。这样的作家，最适合通过给别的作家写推荐语（不必读过那书）来刷新热度。他们的名字是各种课本、大纲、文集中无法回避的存在，无论这文集是仅在国内发行，还是也在国际发行（因为有时，编辑需要给一套本地文集找一两个有辨识度的名字）。成为了谈话资本的作家，也就取得了通往永恒的车票，一个作家的永恒，便是被载入文学史。而文学史要记的，自然是被提得多的人，不然还能叫文学史吗？

不久前，我怀着忐忑的心情查了一下自己在文学世界中被提及的频率，发觉完全无须担忧。互联网上与我名字有关的结果数不算丢人。怎么说呢，我感觉自己是个货真价实的文学谈资。俄亥俄阿森斯大学城一个文学评论者在自己履历的书目一栏里提到了我与其他二十几人的名字。某校某学期计划中的五十余场活动中，提到了我的读书会，这学校我去过，却丝毫不知到场的各位观众都是冲浪专家。某个令人印象深刻的剧评家的主页上，一百多个名字里也有我的一席之地。某本写巴尔干半岛战争的书，涉及的二百多个人物里，也提到了我。另一本也是写巴尔干半岛战争的书，提到了三百多个人物，我也是其中之一。

此时，我想通了一个道理。等我拥抱互联网世界时，一定也要在我自己的网页上罗列出所有这些人。这就是我们成就永生的方式。只有肉身会死。我们不一样，我们是永远会被提及的谈资。而当我们成为谈资时，唯一能妨碍我们不朽的，就只有谈资过剩时代的到来。但在那一天到来之前，请搜索我的名字吧，亲爱的，我也会搜索你的名字的……

1997 年

魅力光环

出于某种原因,近来我想起了可怜的心脏移植专家巴纳德医生,二十世纪七十年代,他曾名噪一时,接着就消失了。他的故事告诉我们,从事这世上的许多职业,无论你怎么努力,都无法成为明星。有成为明星潜力的职业,必须能够唤起大众的一个信念,即自己只要走运,也能成为这样的明星。而在巴纳德身上,无权亦无名的人们很快意识到,虽然大家都有可能成为病人,但并不是所有人都能成为外科医生。就这样,巴纳德从他的星途上退下来了,隐退到他默默无闻的职业生涯中去。看来,只有那些能给人以我也可以之幻觉的公众活动家,才能够获得魅力光环。

在当代媒体市场中,写作也能有魅力光环。文学之堂过去只有不合群的人、浪漫感性者、人生失败者和书虫才会去,如今为何门庭若市?今天,写作的魅力究竟在哪里,为什么那么多人围着书籍市场打转,等待成为明星?是因为钱吗?或许吧。但为什么经济已有保障的电影明星除了写分内的自传,还要试手分外的儿童文学和小说?为什么连严肃行业的从业者——文论专家、心理学家、医生——也都纷纷去写书?

1997年11月某日的《卫报》曾报道过艺术评论家大卫·李与年轻艺术家、画廊老板翠西·艾敏间的一场唇枪舌剑。大卫·李坦言,大部分现代艺术作品都是一种诈骗,而年轻的艺术家都没什么文化。年轻艺术家立即反驳:"没文化怎么了?我还是有权发声啊!"

这位年轻艺术家的回答揭示了当代艺术产业的一个基本假设。在一个民主的市场中,每个人都有艺术创作的权利。千百年来,艺术一直是文化人的专利,鲜有例外,但今天,文艺市场的大门向所有人打开。而且,没文化的艺术家在商业世界取得的成绩,往往要比有文化的艺术家好得多。

不过,这是否就是试手文艺市场的人这么多的原因呢?也不尽然。虽说人人皆可为之,但文艺界还是保住了自己卓尔不群的光环。文艺的高地给我们一个幻觉,即一旦抵达,我们就能永远不朽。写书就像在墙上涂鸦,谁知道呢,也许这样涂一涂,我们也能让自己的名字被镌刻到不朽的光荣榜上。

市场推倒了学院封闭的高墙;将过去的文艺领袖,即那些好品味的守护者和文艺理论家,踩在脚下;它赶走严格而挑剔的批评家,碾碎现行的审美价值体系,建立起自己钢铁般坚不可摧的商业美学标准。比如:卖得好的就是好的,卖不好的就是不好的。许多人在这个简单的公式里看到了机会,纷纷进入文艺市场。人人创造文艺,人人享受文艺这一古老的乌托邦理想,终于在现代市场的努力下,成为现实。

作家们意识到,自己再也不是受到保护的人生失败者了,他们开始积极改变自己的形象。曾经流行的面带病容、腼腆怯懦、嗜酒不羁、不修边幅、波希米亚、黑毛衣、满书架的书、身形瘦削、穿着粗花呢、肘部打着补丁、手里拿着书、留大胡子、抽香烟雪茄、患近视眼——这些元素都已成久远的往事。

尽管出版业还把作家称为内容提供者,但他们的工作却不止提供内容。他们还要提供自己。时下,越来越多的作者为了适应作品内容而包装自己,或根据自己来决定内容。近来,正当红美国的文学明星 S.M. 拍了一张自己穿着透明裙衫、站在厕所门口的照片,厕所污秽不堪,照片反映了小说的基本氛围。照片本身就是一则营销文案,更有甚者:照片暗示了参与书中色情活动的人大可以是作者本人而非书中人物,从而激发了读者的遐想。

作家向市场的残酷法则屈服了,女作家纷纷去拉皮,说服自己这只是为了满足职业要求。男作家拍照时开始想办法隆起肌肉，露出胸毛。他们频繁地在照片中露出一种我知道自己想要的是什么的自信表情。没有人再在作者简介中提起自己的生日，但大家都高高兴兴地写上自己有一个配偶、两个孩子这样符合伦理道德的私生活细节。如果作家形象好，照片就会印在封面上。照片风格需要满足目标读者年龄段的审美：所有作家都尽最大努力保持外形年轻，因为喜爱年轻外表的潜在读者的年龄范围最大。他们在鸣谢中除了谢谢丈夫、妻子、编辑、代理、朋友和自己灵感的来源外，还要谢谢自己最爱的猫猫狗狗，以博得动物爱好者的好感。

米兰·昆德拉曾写过，如果每个人都写作，将无人再倾听。市场似乎正在缔造这一乌托邦奇迹。但在商业世界这个大转盘里，有一条自相矛盾的真理：名利是讨好大众的人向往的东西，它体现了追求名利者的匮乏。这也就是说，文学只有在没有文学的地方，才能够显现名利之光。

种种迹象表明，一个文学时代已经结束了，此时，我们不禁想起了昆德拉的捷克同胞博胡米尔·赫拉巴尔。他在老年拍摄的一张照片中，极不合时宜地戴着一顶苏格兰花格高尔夫球帽。虽然这张照片的拍摄时间就在前几年，但现在看来，它已属于一个十分遥远的文学年代。最近，赫拉巴尔去了另一个世界。人们说他是在布拉格一个医院的窗前，努力伸长他苍老的手去喂鸽子时，摔下去死的。

无论究竟发生了什么，赫拉巴尔从不曾自认有什么特别的权利，可以让他去发出自己的声音。或许这是因为，他的声音就是这样——它只属于他自己。

1997 年

人类癖好的市场份额

曾经被认为伤风败俗的萨德侯爵，如今读起来好像儿童文学。近来我试读了他的作品，边读边笑，就好像有人在胳肢我，又好像在读小时候最喜欢的儿童作家。茉莉·布鲁姆（Molly Bloom），这位丰腴的家庭主妇，曾经为了自娱，一一记下自己的性高潮——一种技术性事件，早已无人对它表现出兴趣。这份著名的意识流档案长达五十页，如今读来，像是一本冗长的洗衣机开机说明。埃丽卡·容（Erica Jong）的小说曾畅销全球，是表现受压抑的无产阶级妇女终获性解放的重要小说，时至今日，连敬老院的老妇人都不会再从书架上取下来读。动人而美好的性爱，似乎一直处在文学食物链的最底端。而反映人类癖好的文学在市场上的股价，却在以令人眩晕的速度增长。

作家们对文学证交所中这支股指飙升的股票表现出了狂热；他们发明出了最邪恶、最骇人的故事。人类癖好恰常与性爱有关。癖好在小说中已成为不可或缺的元素，几乎就是小说的主角，它可以与激情、愉悦毫无瓜葛，可以不讲常识，可以不体现力量与意志，也不需要什么戏剧性，甚至无所谓行为人与受害者。

于是，文学证交所内，许多人开始买卖食人主义。最近出了一本小说，主人公是城市女性，用自己的恋人来烹饪美食。小说完美结合了当代女性与恶魔的形象。但这位食人女与食人文化却毫无渊源。书中丝毫没有体现她与酒神荒淫的女信徒有什么关系，也看不出她能不能体会巴尔干人（酒神的后裔）生食活人、撕咬串烤的整牛、吃掉塞满下水的牛胃、啃食烤羊头、用嘴像小吸尘器一样迅捷有效地将绵羊忧伤的大眼睛吸进嘴里时所享受到的乐趣。通过调整，这位现代女性的食人行为已经适应了她所处的时代：讲究低卡低胆固醇，人肉只是午餐时光中的一份小零食。她像吃日本寿司一样吃着自己的恋人。这就是为什么，她真正食用的部位，与普通读者一开始所设想的可能有很大的不同。而如果我们接受小说中这位女性食用自己恋人的逻辑，那么必须说，只为了取食那么小一块与性爱毫无关联的鲜肉——他的手心——就把他杀掉，实在是太小题大做了。

虽然鲜有致力于防止人类受虐的群体，但动保协会是多的，但他们有时也会失察。有一本鼓励给鱼类投喂某种相当残忍且极为不寻常的食物的书，动保人士完全应该站出来反对，但至今我还没有听到反对的声音。我说的这本书近来席卷了欧美各大书店，讲了一个作文老师和几个警察之间的故事。这几个警察里有一个特别爱钓鱼，某日突发奇想，开始用女人的乳头做饵，于是这个作文老师就成了饵。故事不能说没有一定的性隐喻色彩，故而也颇讨巧，广大读者也像鱼一样咬钩了。就连古板的德国书评人也都忍不住授予该书年度最佳书籍的称号。

女作家在嘴上做文章（吃或被吃），男作家则更喜欢往后庭去。各种你能想到的变态行为都是相当畅销的题材。

用猎奇主题博取市场兴奋的文艺工作者数不胜数。拍电影的不输给写书的，玩视觉的不输给拍电影的。市场没有怯懦者；市场欢迎任何主题，甚至任由奥雷格·库里克（Oleg Kulik）出于艺术目的虐待那些热爱和平的动物。

虽然在现实中，成千上万的尼泊尔女孩因为被自己的父母以一台晶体管收音机的价格卖到妓院而纷纷死于艾滋病（因为身染艾滋病的男人相信只要与处女性交就能够得到救赎），当代作家却还在为写出以儿童为主角的大师级杰作而绞尽脑汁。在他们苦思冥想着新颖的变态行为时，智商远低于他们却具备犯罪头脑的寻常人轻轻松松地就在发明创造方面将他们甩在了身后。克罗地亚准军事部队成员米罗·B有一个颇为诗意的化名，叫秋雨，最近，他公开坦白，自己对可恨的塞尔维亚人犯下了一系列暴行。他用气罐点火烧他们；把醋倒在他们的性器和眼睛上，将电线连在他们身上,在他们的指甲里敲进钉子,接通高压电,把他们电成灰烬。他承认,这个主意不是他一个人想出来的,虽然他懂得楞次定律,而塞尔维亚准军事部队一个绰号自带画面感的罪犯,加农,在一次公开忏悔中承认了自己对穆斯林犯下的一系列罪行。比如,他割下了他们的左耳(但只割自己亲手杀的,他说他不想用别人的羽翎装饰自己),将这些战利品公开出售,并有点惊讶地发现居然真的有人会买。(大家都想要拥有他们的耳朵!)两人都强调了情节发展中的一个关键:"第一次很难下手,之后就简单了。"

无论是罪案事发地的法院还是那里的市民,无论是出版机构还是读者,谁也不关心现实中的受害者和罪犯。每个人都一味地否认他们的真实性。假想的犯罪却更有说服力;现实也许太现实了。他们只能对虚构的犯罪产生共鸣,只有纸上的恶魔能刺激到他们。不难想象,就算坐在血泊中,坐在成堆的尸体上,一位当代读者仍会目不转睛地深陷于手中关于人类癖好的小说。当此情景,即便是哀叹文学已死的人,也不禁要重拾希望。谁也不能再否认文字那摧枯拉朽的力量了!

1997 年

裸体之间的艾柯

> 二十五岁时,我第一次赤裸地站在观众面前。有没有不好意思?我不知道。为艺术献身的想法要更强烈一些。
>
> ——某知名当代文艺工作者的访谈

大约二十年前的一个夏天,我去亚得里亚海上一个岛屿度假。那岛边上有个无人岛,开放给爱去裸体海滩的游客。上岛的唯一工具是一艘由当地人驾驶的小船。有一天,出于好奇,我请摆渡人送我去小岛上看看。我们离岛越近,四散在岩滩上的裸体也就越醒目。后来当我在岛上转来转去,想给自己找块栖身之所时,我注意到那些裸体者的手里都拿着书。虽然是不同语言的版本,但他们拿的是同一本书。作者名叫翁贝托·艾柯,书名:《玫瑰的名字》。

种种迹象表明,这些裸体者应该都不是知识分子(因为多数知识分子不爱去海滩),也不是有钱人(来亚得里亚海的游客通常要相对拮据一点)。这些读艾柯的人中,也许有德国厨子,有意大利打字员,有奥地利工人,有瑞士中小学教员,有荷兰公交车司机,有匈牙利屠户,有捷克公务员,有英国退休老人。我很好奇,何以这些厨子、秘书、中小学教员、公交车司机、屠户和公务员,会选一个著名的符号学教授的书来作为自己的假日读物?同时,我也怀疑自己对当代人阅读现状的判断是否陷入了知识分子狭隘的刻板印象,我一直以为厨子是不读书的,即便读,也只读言情小说。我还想知道这些裸体读者对艾柯的阅读热情是怎么来的。反正我已经被灼人的烈日晒得什么也不想做,更不要说读翁贝托·艾柯了。

一圈转下来,我突然对文学充满了希望。这些四散在亚得里亚海上世外桃源中的裸体,他们在读书!这些躯体明明可以性交、打哈欠、挖鼻孔、挠屁股、边撕香肠肠衣边嚼三明治,他们明明可以打呼噜、左顾右盼、干各种各样事情,但他们没有。他们每个人都在读书!我被这种赤裸裸的文学热情感动了,为自己刚才的怀疑感到羞耻,我松弛下来,找了块僻静处的岩石,留神不让别人看见,从自己的包里,也拿出了一本书。这是我度假带的唯一的一本书——《三个火枪手》。我每度假必带这本书。不过最后,由于个人原因,我无法融入其他裸体读者,搭乘第一班返程的小船回到了原先的岛上。

究竟为什么会有畅销书?为什么一本单一的书可以

引发集体崇拜？不曾写过畅销书的作家与曾写过畅销书却不知为何能畅销的作家都想知道，不仅如此，出版商、编辑、书评人、文学跟风者以及书店老板……大家都想知道。即使是自认懂行的出版商，也还是常会惊讶地发现自己的判断有多么失误。也许畅销书的秘诀并不像它看起来那么复杂。一本书畅销，意味着每个人都去买：不管本人信不信大众的选择，每个人都会去买，有些是出于检验自己文化分析力的目的，有些只是想看看别人都买了些什么。有人说，写出畅销书，就像中彩票。但这是骗人的，就像职业赌徒说一切靠运气一样。再天真的人也知道，除了运气，一个人还需要投资。投资越大，赢率就越大。文学天空云集着烹饪、园艺、悬疑和言情类需求稳定的书籍，点缀着百万书迷拥戴的作家，在这些理所当然要被大量印刷的书中，存在一种书，它是彗星，它稍纵即逝，留下连受百万书迷拥戴的作家也要望其项背的璀璨光芒。但究竟为什么会有这样的书出现，还是个谜。

作为一名对文学生态状况有强烈探究欲的文学水位测量员，长期以来我都困惑于文学类书籍大卖几百几千万册的秘密。直到有一天，我的眼前浮现出那遥远的亚得里亚海上的小岛。这时我福至心灵：畅销书一定与裸体主义之间有着某种神秘的联系。我拿出纸笔，写下了自己对裸体主义和畅销书的一些认识。

裸体主义者试图回归整个人类社会久已失去的自然状态——从这个角度来说，裸体主义者大多天真质朴。裸体主义者忽略性别，不易动情（容易动情的人不可能赤身裸体到处走还那样镇定自若）。裸体主义者轻视肉体，缺乏反讽能力，不爱开玩笑（很难想象一个揶揄嬉笑着的裸体主义者）。裸体主义者昭示自己意识形态时总是集体行动（单独行动的裸体者会被认为是变态）。裸体主义者在颠覆社会常识时，脸上带着干正经事的表情。裸体主义者善于左右受众的观念，每一个裸体主义者都是优秀的炼金术士，因为在裸体主义提倡的裸体背后，在这个主张去意识形态的意识形态背后，裸体主义其实有着一整套价值体系，润物细无声地影响着裸体主义者。首先，裸体主义代表和平主义（裸体是彻底的解除武装！），代表集体观念（裸体主义者永远集体行动），代表人之初（裸露的身体是健康的、道德的身体），代表先进的环保意识（天然不会污染天然！），代表善良与真诚（一个裸体的人无法掩饰自己！），代表对神道的信仰（上帝造我时，我就是赤裸的！），代表和谐与纯洁（就像伊甸园里的亚当与夏娃），代表服从与反智（亚当与夏娃咬下第一口知识树上的苹果以前一直没穿衣服）。

书籍畅销的现象与此类似。其中也有一种集体仪式感。因为当数百万人都去读一本书时，这本书也就相当于成了某种圣体的替代品（数百万人伸出舌头，希望能通过品尝这一圣灵的象征，参与到集体净化中来）。畅销书现象反映的是人群对一本书，对一本书中之书，一本《圣经》替代品的集体渴望。集体渴望一本书是极为反智的（让我们回顾一下我们的文化史，它就是从品尝知识树上的同一颗苹果开始的！）。畅销书这个舞台上表演的其实是一种体现集体主义单纯性的仪式（别人爱的，我们也爱），畅销书的兴起，无异于左右并扼杀人类的自由意志，炮制畅销书就像炮制一场文本与读者的圣婚。畅销书是一种意识形态、一种精神世界的圣体，它只提供封闭而简单的价值体系，和一些更为简单而贫瘠的知识。

我不是裸体主义者，但为了验证我的文学猜想，今年夏天我又去了一次亚得里亚海。当此世纪之交之际，小岛上的裸体者手里拿的书有三种，全部出自同一个作者：巴西作家保罗·柯艾略。他有十二本书，被译成了三十九种语言，发行到七十四个国家。由于战争原因，亚得里亚海的旅游业进入淡季，裸体人群中大部分是德国人和本地人。书的标题也都是 *Der Alchemist*（一本大卖九百五十万册的小说），*Der Fünfte Berg* 与 *Am Ufer des Rio Pedra sass ich und weinte*。[1]

---

[1] 标题均为德文，分别是《炼金术士》《第五座山》与《我坐在彼德拉河畔，哭泣》。其中《炼金术士》中文版名为《牧羊少年奇幻之旅》。

发现自己的猜想正确，我赤裸裸地带着胜利的表情踏上小岛。我没买到《炼金术士》——这是麦当娜最喜欢的书，也是这位超级巨星精神力量的源泉，于是我在手里拿了一本柯艾略英文版的《女武神》，仿佛握着一柄十字架。

我在一块岩石上安顿下来，试图让自己的文学脉搏与全球文学畅销市场的脉搏一起跳动。我翻开柯艾略的书。它讲了一对巴西夫妇在美国沙漠（借助一本《沙漠生存手册》）进行灵修之旅的故事。沙漠里很热，所以两人就把衣服脱了，赤身裸体（！）地走来走去，寻找他们计划要找的圣灵。我读到两人（因为不穿衣服而）脱水、上吐下泻的地方，就读不下去了。

柯艾略曾在某处谦逊地说过："每个人的阅读体验都是不同的，我不期待教他们什么东西，只想讲一个我自己知道的故事。"这位有着儿童般灵魂的作家，这位为光明而战斗的勇士，最近刚刚完成了他的新书，《维罗妮卡决定去死》，这次他设定的地点比沙漠更有益于健康一些：在斯洛文尼亚。

我合上书，久久地望着天。天是蓝色的，云朵安静洁白。（柯艾略写过："云是懂得海洋的河流。"）我的猜想被证实了！裸体主义与文学炼金术之间果然存在着某种神秘的契约！什么也无法破坏这次发现所带给我的胜利感，虽然我想到，二十年前艾柯的红极一时，想必是某种失误，是某次系统的失灵,是文学市场超级脉搏的一次意外的心率不齐。

我想象自己发表了这个发现后出版商该多么感激我!那些终其一生绞尽脑汁思索畅销书炼金术的作家该多么感激我!虽然眼下充盈我双耳的喝彩只是岛上的蝉鸣,但我很有把握,我像云一样泰然自若;云是懂得海洋的河流。我像麦当娜一样在精神上得到了滋养。我的澄静不受一丝一毫犹疑的打扰。因为柯艾略说过:"你必须听从你的心。它知道一切。跟随它的跳动,即使它将你引向罪恶。"我很平静,因为我知道,以后会有真正的喝彩的,总会有的。

1998 年

回来吧，愤世嫉俗者，一切既往不咎！

我在电视里看到一个商业市场进军新几内亚岛的纪录片。巴布亚新几内亚推销员在丛林里为祖国的同胞表演小品剧，介绍可口可乐、解说奥妙洗衣剂。巴布亚岛上的听众们笑弯了腰。收看纪录片的我也跟他们一起笑弯了腰。

最近我发现跟我对话的人的脸上开始经常出现困惑的表情：微耸眉梢、轻蹙眉头，暗示着疑问。我经常要停下来，为自己的话加一句注解："对不起，我在开玩笑……"

导致这种变化的只有两种原因：

（1）我变了。唉，也许我正慢慢步入可悲的老年阶段，从此以后，除了粗俗而贻笑大方的话，再也说不出别的了。

（2）我没变，是我周遭的世界变了。因此我的话越来越言不及义（至少看起来是这样）。

无论是哪个原因，我与世界之间的关系都已受到了威胁。如果不加改善，我很快将被完全孤立。

不可否认，我来自一个文化气质粗暴且到处是歧视的地方，这里的文化表里不一、两面三刀（服从权威的同时，却又偷偷置疑一切权威），人们自相矛盾、模棱两可、抽屉里有暗格、发誓时也常说谎，像所有人一样，这里的人也想出各种伎俩求生。我了解看破这些伎俩的方法，也养成了谨慎小心的本能。这里的人不爱勤奋伏案，更喜欢泡在咖啡馆里揶揄嬉笑（耍小聪明、说低俗笑话）。这里的文化是突然出现的，不注重源远流长；激烈而且排外，同时又很有弹性，虽然不断重提千百年来的过去，临到文化改革时却又表现得轻描淡写：它推倒雕塑与图书馆，在罗马史迹上修路，在戴克里先宫里放垃圾桶。一个没有文化成见的单纯人看了，也许会以为我上面说的这个地方肯定是文化的震源，是后现代文化的心脏。这样想就错了，但这样想（为什么不呢？）从某种意义上说也没错。

可能这种文化环境反而给了我一点优势。据说生存环境被破坏得越严重，一个人越容易产生生态保护意识，而我一生被夺走的东西太多，或是拆了，或是为其他东西所覆盖，连我的母语也难于幸免，故此，我对文化的存亡较常人要更敏感。

但话又说回来，我毕竟不是新几内亚岛民，我对世界此岸的主流文化也很熟悉，我喝过可口可乐，我洗衣机里也曾有过奥妙，我还读过莎士比亚，那么为什么我在交流过程中还需要对越来越多的人解释与道歉呢？

提摩太·贝维斯在他的《犬儒主义与后现代性》中认

为，对坦诚的要求，是我们这个时代的一种文化迷思。从二十世纪九十年代起，媒体在为市场诊脉时，感受到了一种对语义透明度的渴望，于是将后现代的时代精神重新包装，冠之以诚实时代之名。提摩太·贝维斯总结道："坦诚替代了机智与敏锐，成为商业信誉的标志。"这一绿灯亮起后，政治、文化与媒体市场中，许多新产品纷纷上架，"而它们赖以说服民众的唯一卖点，就是对自身真实性的宣称"。政界、媒界、流行音乐界、艺术界、文学界和普通群众都纷纷对真实与坦诚的意识形态顶礼膜拜。无论走到哪里，都很难不在亲测有效、纯正、自然、高品质、百分百真实，在真实的东西、真实的生活、真实的戏剧上绊倒。

作为偶尔也会教教文学的一个教授，我发现有些学生对文学作品中的事件究竟是真实发生还是纯属虚构表现出天真的关切。一开始我还为之动容。我发现他们许多人对文学文本的基本假设缺乏理解，看不懂文学策略与叙事手段，对反讽毫无辨识能力——或是完全读不懂，或是在道德、政治上难以接受。我还发现，他们表现出了一种被贝维斯称为对后现代文化产物反胃的不良反应，并普遍厌恶那些要求他们付出努力才能读懂、因此可以说并不坦诚的文本。

几年后的今天，我环顾四周，发现自己已被淹没在了我的学生所提倡的文化作品里。到处都是公开的告解,电视相当于教堂,名主持人则担任神父。回忆录不再只是登顶喜马拉雅山、横渡大西洋的人才配写的东西。相反,时下流行的是普通人对普通事的普通描述。市场被自诩现实的各种产品充斥——从肥皂剧到真实生活故事,人们相信前者比生活本身更真实,而后者与前者同样真实。正如安迪·沃霍尔预言的那样,在时兴公开告解的大环境下,每个人都有权获得属于他自己的十五分钟。在这波回归现实的狂潮中,唯一令我怀疑的就是现实本身。

我是说,以这样激烈的方式强行推销给我的现实,实际上是肥皂剧的现实,更像某种初学者的生活,它们经常让我想起纪录片中巴布亚推销员演出的低级戏剧,所不同的是巴布亚观众的反应:他们笑得前仰后合。真人真事类廉价文学的内容总是恰好能引起大众的共鸣,因其肯定了他们的人生意义(童年如何遭到毒打与猥亵,父亲是个酒鬼,总是自己一个人,被父母抛弃,换工作,生病,治愈自己,找到伴侣,养大孩子……)。这种受到大众青睐的现实,也不乏其乐观积极的暗示:只要解决了上述所有困难,就能赢得一生的和谐与平静。

这令我想起被文化精英们嗤之以鼻的主流文化,它已像吸尘器般吸走了一切反对的声音,包括精英们的鄙视,成为唯一的文化。先是坎普风,再到后现代、讽刺艺术对恶俗的痴迷，如今，恶俗艺术已经成为艺术本身。拜强大的文化市场所赐，恶俗（BAD）俨然成了一种正面评价（保罗·福塞尔）。

在后冷战的世界里，一切要给全球化、无冲突让位，新确立的规则要求我们政治正确、尊重各国文化，同时，也无差别地抹去了摩擦、抵抗、矛盾、刻薄、嘲讽与反对的可能。我们再无空间去提出这样一个简单的问题：现实真的是这样吗？

世界也应新规则的要求，重新选择了它的精神领袖。活着的领袖中，有超级媒体红人奥普拉，象征着当代社会对真诚坦率的酷嗜；死去的领袖中，有忧郁的超级媒体红人戴安娜，对她的关注，则体现了这个世界疲于奔向所谓的美好未来，转而在总能被允许自行其是的私人生活寻求短暂的慰藉。我们要用心，不要用脑，要真诚，不要欺瞒，要单纯，不要世故，要软弱，不要坚强，要同情，不要自私。戴安娜将自己媒体巨星的璀璨星尘撒向了世界的各个角落。

就连侥幸躲过海牙国际法庭起诉的克罗地亚国防部部长，死后都拿《风中之烛》[①]做了葬礼音乐。在克罗地亚等

[①] "Candle in the Wind"，1973年，英国歌手艾尔顿·约翰和贝尔尼·陶宾为纪念美国影星玛丽莲·梦露所创作的哀歌；1997年，艾尔顿·约翰在好友戴安娜王妃的葬礼上演唱了重新填词的版本。

一些东欧国家，坦诚和真实是回归民族主义之根的代名词（真实，在这里成了一种新的法西斯主义）。盲从的人选择回归真实的自我，和真正的自己人一起，他们要做的第一件事就是清洗掉国家内部被他们视作不真实的一切：少数派、少数族裔、异见者、叛徒。真实的、符合天道的民族主义，取代了不真实的共产主义，民族主义是多么真实啊，在一些前东欧国家的墙壁上，它还用涂鸦呼唤着：回来吧，共产主义者，一切既往不咎！

与自由女神像同年诞生的可口可乐，作为真东西①已存世一百余年。想到这里，我感觉尊重、坦诚与真实的时代可能将会绵延很长很长时间。也许这种坦诚表演会一直演进到当场剖出一颗心给对方看的地步。先锋文化的反抗姿态似乎再无可能。我们已经丧失了给大众品味一记耳光②的能力，再说，所谓大众品味的面目也不像过去那样明确而清晰了。

最近我办了一场读书会。与会者都是我们自己人。听众席中不乏熟知文艺技巧的文艺受众，更有许多倚赖文艺技巧从业的文艺工作者。我读了一个黑色幽默故事。如果

---

① 指可口可乐的著名广告语：It's the Real Thing.
② "Poshchechina obshchestvennomu vkusu"（"Slap in the Face of Public Taste"），指1912年，包括马雅可夫斯基在内的诗人、画家在俄国联名发布的未来主义宣言。

是阿尔弗雷德·雅里①和丹尼尔·哈尔姆斯②听了,一定会为我感到骄傲。但那天晚上是一个彻底的失败。听众席中连一声扑哧都没有。相反,这个故事让大家感到悲伤。有人赞颂这个故事充满力量,认为它是一则暗指不久前南斯拉夫战争的寓言。所有人都是这么理解的。

"唉,真没办法,"一位克罗地亚同胞安慰我,"或许从现在开始,在可见的未来之内,我们都不得不承受这种高尚的苦难了……"

事情就是这样。我决定投降了。我决定真诚地为戴安娜王妃的世纪之死感到悲痛,真诚地从奥普拉的话语中获得安慰,真诚地拿起时下正当红的畅销书,自发地与世界的脉搏对接。但与此同时,我脑中残存的那一毫米反叛精神,还在向外界发送着微弱的求救信号:回来吧,愤世嫉俗者,一切既往不咎!

1997 年

---

① Alfred Jarry(1873—1907),法国象征主义作家,超现实主义戏剧的鼻祖,欧洲先锋戏剧的先驱,其戏剧内容怪诞、形式洗练、手法夸张,对后世的达达主义、荒诞派戏剧、残酷戏剧都产生了深远的影响。
② Daniil Kharms(1905—1942),苏联诗人、剧作家、小说家、荒诞派先驱、"真实艺术协会"重要人物。1931 年因创作"反革命儿童诗歌"被捕,1941 年因"宣传失败主义"再次被捕,次年二月于狱中逝世。

柯克·道格拉斯在我生命中的角色

我出生在一个已经不存在的地方，它叫南斯拉夫，出生前一年，铁托对斯大林说出了那个具有历史意义的不（至少我们学到的版本是这样的）。这也就是说，当历史性的不被说出的那一刻，我的母亲正好有了我。说这历史性时刻决定了我的某些性格，也不是完全不可能。我没能成为一个乐观听话的顺从者，相反，我脾气很坏，不爱苟同，还以此为荣。

对斯大林说出历史性的不，意味着对好莱坞电影说出历史性的好，那以后，只过了五年，第一部好莱坞电影风靡整个行将毁灭的南斯拉夫。那是1953年，电影的名字叫《湿身危险》，主演：埃丝特·威廉斯。彼时，南斯拉夫崇尚积极向上的社会主义身体文化，盛行列队（指南斯拉夫青年在体育场草坪上用队形拼出各种图案和文字），人们追求集体力量与肌肉线条，对美好未来怀着绝不动摇的信念。来自好莱坞的埃丝特·威廉斯代表着同一种审美，轻而易举就赢得了南斯拉夫观众的心。

我的生命里，只有两个男人的下巴上有凹槽。一个是我外公，还有一个就是柯克·道格拉斯。

"你看，"母亲曾指着外公的照片对我说，"外公的下巴上有个槽，柯克·道格拉斯的下巴上也有个槽。"

母亲酷爱电影，由于她的这种热情，我在心灵还比较柔软的幼时，就被带到椅子非常硬的省电影院去看过电影了。

南斯拉夫市场上第一次出现口香糖时，国民群情激奋，不仅因为有人发明了咀嚼的艺术，还因为口香糖包装上印的都是好莱坞巨星。在得不到玩具的战后童年里，能拥有这些包装是奢侈的，也许因为它是我们唯一的奢侈品。我们收集包装纸，相互交换，粘到本子里。我想我们当时知道的好莱坞演员可能要比影评人知道的还多。

一直到我们那一代的小孩都长大了以后，才出现了其他的图案：足球明星、卡通人物、流行乐手。也出现了其他的玩物：玩具、真正的图书，还有电视机。简单说来，我接触柯克·道格拉斯，比接触娃娃还要早。

我现在想不起原因了，不过在那段与好莱坞相伴的童年里，我们还能获得明星的住址。回信最快的是托尼·柯蒂斯。我们中很多人都收到了他寄回的签名照片。不过我的收藏中有一件谁都没有的东西：一封柯克·道格拉斯的来信，以及他附上的一张签名照。不仅签名，那些我完全看不懂的英文单词，也都是手写的。

我到最后也还是没看懂柯克·道格拉斯在信里写了什么。在能读懂英文之前，我就把信弄丢了。

后来，我又把柯克·道格拉斯也抛诸脑后。我国来了几个有名的电影演员，他们经常扮演德国人，偶尔也扮演巴黎人。其中最出名的是理查德·伯顿，他曾在一部南斯拉夫电影中扮演铁托。

我的童年就像小儿麻疹一样过去了，没有留下什么痕迹。在长大的过程中，我成了一个作家。如果不是因为最近看到一本封面鲜亮的杂志，我是不会再想起柯克·道格拉斯的。在这本杂志中，我读到了一段对这位如今已经老迈年高的好莱坞演员的专访。

专访说，柯克·道格拉斯最近刚刚完成了他的第六本书，书名叫作《登山：我对意义的探索》。这位著名演员在解释书名时说："我认为我们的人生就像不断攀登的过程。"还说，六年前他在一场事故中折断了脊椎，幸存下来后，感到自己不得不写下这本书。"我通常在早上写作。把思路记在空谱上。我的助理尤瑞拉再打到电脑里，做一番编辑，我自己再看一遍，看完后，总是惊讶得很：真棒呀……"柯克·道格拉斯说。

读这一段时，我心中突然涌起一种隐隐的忧伤。我试着回想柯克·道格拉斯在口香糖包装上的脸。试着回溯童年时对遥远世界的憧憬。我想短暂地回到那个时代，那时候，演员只是演员，不写书。那时候，我如饥似渴地读着的书，都是作家写的，而不是演员写的。接着，这种忧伤变成了一种无声的抗议。这抗议源于我的一个历史性觉悟：原来，这世上的每个人都可以写书了，文学不再是那个我多年来怀着浪漫主义理想不断登攀的高峰了，而我曾以为它只属于坚持不懈懂得献身的人，以为只有勇攀文学之峰的人才能获得写作的权利。

但接下来，这种无声的抗议，又被一种神秘的完满的感觉所取代。难道这不伟大吗？我心想，难道我，一路从省电影院拼搏到只有演员与作家才有权踩在脚下的山顶，难道这不伟大吗？——我坐在这里，像柯克·道格拉斯一样写着书！这番关于爬山的隐喻将我搅得头晕眼花时，我突然想到自己也许永远也不会知道柯克·道格拉斯在给我的那封我已经弄丢的信里究竟写了什么。但我想马上回信，想记录下这真正的历史性时刻的伟大之处：

亲爱的道格拉斯先生，

您不认识我，但我已久仰您的大名……

1997年

炼金术

这场战役不值得。

——纽约一家餐馆墙上的涂鸦

我在报上读到,一小罐屎在伦敦苏富比拍卖会上以一万七千二百五十万英镑的价格成交了。写不写一小罐实在无关紧要,因为即使是再大一罐屎,这个价格也是不能接受的。意大利艺术家皮耶罗·曼佐尼在还当红的时候封存了九十罐自己的大便。每一罐都编了号,签了名,并以当时的金价卖了出去。我认识一个艺术品商人,他对我说,当时的价格定得实在太低了。

"如果我现在有一罐曼佐尼的屎,轻轻松松就能卖到十五万美元。"他很有把握地告诉我。

据说未开封的曼佐尼罐装大便非常稀有。可能是因为很多多疑的买家为了检查里面是不是真的装了屎,而打开了自己的藏品吧。

"近三十年来,金价基本持平,但这罐屎的价格却突破了天际,而且还会涨。"前文那个艺术品商人宣称。

把屎变成金子并不简单,不然我们就都能致富了。屎变成金子,需要社会各界的支持:学院、画廊、媒体、市场、公关、艺术解析、推广、经营、评论以及消费者,缺一不可。没有这些,即使你的屎包装得再好看、再严密,也不一定能卖得出去。

对于一个东欧作家来说,西方文学市场最叫人震惊之处,是它竟然没有美学标准。东欧作家一生都在努力达到各项文学标准,结果发现自己的成绩在西方一文不值。

在非商业的东欧文化中,没有好文学与坏文学之分,只有文学与垃圾之分。文化分官方文化与地下文化两种。地下文化作为一种反抗力量,在民间的文化价值天平上要重得多(无论它是否合乎官方的规定)。东欧作家的美学指导坐标十分清晰(至少他们自己是这样认为的)。他们在文学的地下车间里勤奋地磨砺各自的文学信念,从读者中收获大量道德与情感的支持。无论从历史角度还是个人角度看,东欧的作者与读者都有大量时间去形成独立判断的素养。而任何素养的形成,都是要花时间的。

当东欧作家的工作终于从地下转至地上时,他们充满自信,有如最权威的文学品评师、最准确的文学鉴赏家,他们踏入全球文学市场,清楚地知道各自在文学世界中的地位（这个地位不是他们决定的，而是缪斯敕封的），坚信文学艺术是他们不可剥夺的神圣领土。

可他们与市场的第一次接触，给予了他们写作生涯中最沉重的一击，他们的存身之地倒塌了，他们作家的自尊与骄傲崩溃了。

"哦？你是作家？"

"对。"我们的东欧人回答得谦逊有礼，不想让面前这个凡夫俗子觉得自卑。

"多巧啊！我们十岁的小女儿刚刚写完一本小说。我们连出版商都找到了！"

而这只是东欧作家需要忍受的无尽的羞辱中的第一个。他自己都还没找到出版商。而且，他很快就会发现，文学市场中遍地都是天选之子，遍地都是像他这样的作家：写回忆录的妓女，写运动生涯的运动员，以更私密的视角写出杀人犯另一面的女友，厌倦了家庭生活、想过过创作生活的家庭主妇，律师作家，渔夫作家，文学评论家作家，无数找寻自我身份认同的人，还有成群结队的被羞辱、被强奸、被殴打、被踩到脚趾的人，正急着要把各自长期压抑的创伤浓墨重彩地昭告全世界。

我们的东欧人颤抖了。他无法相信这么多同事都拥有跟他一样的权利，无法接受这个人人平等、人人有权写书、有权在文学成绩上得到承认的民主的文学世界。但从文学史角度看,他拒绝放弃秩序回归的希望,他依然坚信,秩序回归的翌日,一切都会恢复原样,写书的家庭主妇就会回去继续持家,写书的渔夫就会回去继续捕鱼。他对民主本身毫无意见。相反,由于他的祖国曾是那样一个地方,他第一个就要拥护民主的价值。但看在上帝的分上:民主不该出现在文艺界呀!

我们的东欧人错了。渔夫的生活精彩纷呈,远比一个东欧人对文学鉴赏的理解更有卖点。而民主的文学世界并非我们的东欧人自我开解时想象的那样,不过是一时半刻的风生水起。它的力量之大,能够越过作家、鉴赏者和文学评论家,直接修改人们对美学价值的判断。

最近我去了一次莫斯科,碰到一个作家。她穿得光彩照人,浑身是亮片和羽毛。如果是在纽约看到她,我可能会以为她是异装癖。她送给我两册书,书名叫《文胸笔记》(*Zapiski liftchikakh*)。作者号称底层作家,据说以前是个女佣。她将自己女性化的共产主义经历写成了小说。据她说,书卖得特别火。

"索尔仁尼琴最近卖得怎么样?"我问了个傻问题。其实我并不关心索尔仁尼琴。

"索什么?"《文胸笔记》的作者木木地应道。

弗拉基米尔·纳博科夫曾说:在一个充满垃圾的世界里,决定成功与否的,不是书,而是广大的读者。

最近，我出于好奇访问了现象级小说《炼金术士》的作者的网站。被评论家誉为跨教派、超自然的励志小说的这本书，实际上相当啰唆，而且琐碎，却在世界上有着多达数百万的读者群。在两百多位手不释卷的读者中，只有两位对该书的水平持温和的保守态度。但他们质疑的声音立即遭到拥趸的打压，他们要求亚马逊网站取消这种人进入网站的权限。

我不懂明星产品的消费者为什么都这么激进，这么不宽容。每次我一质疑拥有百万拥趸的任何东西，就会遭到疯狂攻击。究竟是什么让这么多《炼金术士》的拥护者紧紧团结在一起，又让喜欢博胡米尔·赫拉巴尔的一小撮人各持己见？是什么让数百万人在看《泰坦尼克号》时潸然泪下，却如此疯狂地去毁坏荷兰博物馆中的一幅名画？是什么促使全球数百万人一起为戴安娜王妃哭泣，却在自己的左邻右舍去世时漠不关心？我想我知道答案，但我觉得还是不说为妙，因为这个答案很恐怖，令我颤抖。

"我很清楚这本书是屎，"我的一个在欧洲某大学教文学的朋友曾经就某本书对我说，"但我就是喜——欢！"他高喊出这句话，还把喜字拖得很长。

乔治·桑塔亚那说："美国人热爱垃圾。我不怕垃圾，可我怕这种热爱。"他说这话时，并不知道有一天，我们都会变成美国人。

话说回来，也许屎本身的确有它值得被喜——欢的特质。无论流行文化的理论家如何诠释屎之被爱的合理性，它最迷人之处，还在于它便于获得。每个人都能得到它，屎是我们团结一致的根基，每时每刻，我们都可能在一坨屎上绊跤、落脚甚至滑倒，我们走到哪里，屎就跟到哪里，我们回到家中，它便耐心地等在我们的门前（南斯拉夫有句老话，叫作就像在雨中拉屎[①]）。所以，谁能不爱它呢！只要有爱，屎就能变成黄金。

1999 年

---

① Kao govno na kiši，形容徒劳而毫无意义。

女人、香烟与文学的关系

由鲍里斯·拉夫列尼约夫的小说《第四十一》改编的同名电影中，有一场戏特别有意思。故事说的是一个勇敢的红军女战士，捉住了一个英俊的白军军官。两人在一个废弃的木棚里过了几天，等待队伍的到来。心地善良、不为教条所桎梏的红军女战士，爱上了她英俊潇洒、理想主义的敌人。有一回，这位俘虏的卷烟纸用完了。她大方地将自己唯一珍贵的物品——一本她用来写诗的笔记本——送给了他。白军军官用红军女战士的诗，卷了一支烟，在电影观众的注视下，若无其事地吸了起来，一直吸完了她最后的一行诗。

我们能否将这场戏中的两人掉个个儿？不能。因为这场戏不管多么意无所指、感人至深，都绝不仅仅是电影里一场普通的戏。它是一个隐喻，是对女性写作史、女性与创作的关系、男性对女性创作的态度的一次总结。

在整个女性写作史上，男人一直都起着将女人的文学热情化为灰烬的作用。千百年来，无数女人为文学牺牲自己。许多文学作品得以在黑暗时期存活下来，完全是因为女人。让我们回想一下娜杰日达·曼德尔施塔姆，她凭惊人的毅力背下了奥西普的每一首诗，将他伟大的诗作从斯大林悬在删除键上的手指下救了出来。让我们不要忘记，那些妻子、恋人、女朋友、女书迷、女翻译、女陪护、女施主、女抄写员、女打字员、女校对员、废寝忘食的女编辑、为书籍写导语的睿智的女作家、女代理、男作家灵感的来源、女文学顾问……热情的女书迷、文学烟斗中温柔的填充物、一丝不苟的女厨子、兢兢业业的女档案员、女图书管理员、热情的女读者、可靠的书稿寄存处、文学死后守护其神龛的斯芬克斯、作家书房勤劳的女清洁工、掸去文集与文人胸像上浮灰的女人、死去的与活着的诗社里那些充满敬仰的拥趸：女人、女人、女人……

女人挽救着男人们试图毁掉的文学文本。男人——独裁者、当权者、审查者、疯子、纵火狂、军事指挥、帝王、领袖、警察——他们多么憎恨文字！女人也许偶尔会用一页无关紧要的小诗包鲜鱼，但这与中国的秦始皇焚书坑儒相比又算得了什么？女人也许会在烤蛋糕时用一页史诗包一下，防止烤焦，但这与克格勃成吨毁掉书稿相比又算得了什么？女人也许会抄起一本书去扑灭炉膛里的火焰，但这与曾被纳粹的焚尸火烧毁的书卷相比又算得了什么？女人也许撕下一页小说去擦窗，但这与卡拉季奇和姆拉迪奇对萨拉热窝国家图书馆的轰炸相比又算得了什么？

我们能否想象将这些事件中的男女调换位置？不能。因为那是难以想象的。历史上，女人永远是读者，是挂在文字银钩上的小苍蝇，女性属于读者的群落。曾有文字记载，在十九世纪中叶的克罗地亚，男性作家曾请求女读者们不要只读德国人的书，适当地也请读一下他们当地作者的作品吧。一位十九世纪的克罗地亚作家曾写道："爱国的心悲伤欲碎，因为不仅出身高贵的女人，就连市井小民的女儿们也都以鄙夷的口吻谈到自己国家的文学。"于是，善良的克罗地亚女读者出于怜悯拿起了本地作者的书，并被无聊的内容搞得哈欠连天。所有小地方文学的兴起，都是因为她们，都是因为这些女读者。

女性是文学房中的精灵。从隐喻的角度说，每一所文学的房屋里都有着真正的建造者的影子。她们有的叫玛丽，有的叫简，有的叫薇拉……薇拉的传记作者史黛西·希芙在书中写道："从纳博科夫自诩从未学会的事情——打字、开车、说德语、找东西、收雨伞、接电话、裁书页、把时间告诉一个粗俗无知的人——来看，我们很容易知道薇拉一生都做了什么。"

让我们回过头来看看文章的一开始，可以肯定地说，女性、文学与烟这三者在历史上一直有着千丝万缕的联系，可以说它们共同经历着同一段历史。宗教裁判所的火堆主要都是用来烧女人和书的。男性只是历史灰烬中很小的一个组成部分。人类历史上,一旦大局需要,女巫(有文化的女性)与书籍(知识与快乐的源泉)就会被宣称为**魔鬼的造物**。[①]

让我们来活跃一下沉重的气氛,讲一则轻松的小故事,依旧是俄罗斯故事。一个莫斯科妈妈很担心自己的儿子,虽然这种担心毫无必要:他是优等生,酷爱文学,尤其喜欢普希金。但妈妈还是担心他会沾染那最最邪恶的东西——毒品。于是她天天翻他的口袋。有一天,她终于找到了自己要找的东西:一小块小心包在锡箔里的深棕色物质。结果她非但没有把这东西销毁,反而决定试一试毒品的威力。虽然没有经验,但她终归也卷成了一支烟。然而她的儿子突然出现在门口,打断了她的轻松一刻。

"我的小包呢?"他吼道。

"我抽掉了。"妈妈愉快地回答。

但那一小包东西并非母亲想象中的大麻,而是普希金坟上的一捧土,是儿子的圣物。所以母亲吸的其实是普希金。这位勇敢的母亲,在无意之中,替那个诗句被烧成

---

① 泰勒·海克福德执导的美国电影《魔鬼代言人》提供了一个有趣的现代"魔鬼"形象。魔鬼(由阿尔·帕西诺扮演)与他的一众女弟子都有两个特点:他们吸烟(除了黑暗势力,当今美国已无人吸烟!)且能说流利的外语(高知人士也属于黑暗势力)。——原注

了灰的红军女战士报了仇。这位不知名的女人,在无意之中,也许就此翻开了文学史上崭新的、革命性的一页。虽然只是也许,但无论如何,我们都要感谢她!

1997 年

有益身心的乐观主义

正像自然界的生物平衡被破坏后所发生的一样,苏联解体与东欧剧变也带来了一些问题。当代文化语境中,许多东西消失了,比如一些意识形态的标签。如今再没有人在公开场合称自己是共产主义者或资本主义者。只有CNN新闻主持人偶不留神的时候,你才会从他们嘴里听到新共产主义、马克思主义、反资本主义这样的词汇。这些词之所以消失,是因为它们赖以存在的意识形态语境已不复存在。金钱取代了意识形态的位置,成了唯一的意识形态。

浪漫主义者——那些认为意识形态依旧在左右人类的行为、认为南斯拉夫之所以会出现民族主义主要是因为意识形态对少数民族的压迫的人——应该去看看今天的民族主义当权者手中的资产。任何人随便看一眼就能明白,在民族主义与民族主义战争中,意识形态不过是一个噱头,不过是为了刺激人们竭尽全力攫取为己所用的资产——小至录像机,大至大工厂——的催化剂。别忘了,就连吃掉了自己五十个同胞的俄罗斯嗜血狂魔安德烈·齐卡提洛，在受审时都要用自己儿时那个人吃人的社会来为自己的异常食欲辩护。每个认为克罗地亚宗教意识形态在共产主义时期饱受摧折的人，都应该看看摆脱了共产主义的克罗地亚：每个村都像迸爆米花一样往外迸着圣母，孩子们在田里看见圣母，主妇们在家里透过窗户的雾气中看见圣母；宗教解放的克罗地亚人欣喜若狂地搓着手，因为说自己目睹圣母的人越多，前来朝拜的游客就越多！

说来说去还是钱，而无关信仰。但我们发现，没有意识形态的生活就像毛坯房一样空荡。人住在里面会觉得不舒服，因为他不熟悉这样的环境。于是，清空的地方迅速被表面看来纯洁向上的新意识形态之花覆盖：无论曾经或现在信奉的是什么主义，人们全都成了乐观主义者。乐观即胜利，为什么呢？因为这种意识形态自然、随和，谁也不会反对它。为什么每个人都认同它？因为人们喜欢乐观的人，悲观的人很扫兴，总是破坏大家的好情绪。

举个例子，两个跟我来自同一国的年轻医生，在他们居住的美国小镇的医院实习。两人工作都很努力，希望在那里正式留下来。工作中，一个在听到别人问你今天怎么样时，总是回答好极了，另一个则保留着在家时的老习惯，回答还行吧。第一个留下来了，第二个没有。听说这件事时，我觉得医院的决策是正确的。因为世界上没有比抑郁的医生更叫人抑郁的人了。

乐观主义作为一种精神常态已经渗透到了包括所谓自由意志的一切人类活动中。正像认同医院的决策那样，我也完全认同这种渗透，虽然作为意识形态的乐观主义有着一个不太清白的出身：人人乐观的口号其实最初是斯大林主义阵营提出的。斯大林主义唯一残存至今的东西，可能就是斯大林主义者对乐观的要求。让我们回想一下，在七十年前的苏联，作为一个失败主义者意味着什么。被指控鼓吹失败主义的人，会在斯大林集中营里度过好几年。失败主义者是魔鬼的化身：他是叛国者，是人民的敌人，是心怀叵测的怀疑论者，是捣乱分子，是反动派，简而言之，他是一只披着人皮的臭鼬。忧郁的小驴屹耳，在斯大林主义者的世界里，将会被定义为一个失败主义者。如果彼时有专门为卡通人物设置的集中营，屹耳一定是第一批劳改犯。

尽管如此，当今世界还是被分为了两大阵营：乐观主义与悲观主义。实际上我们一直活在一场文化战争中。乐观主义者是好人，是热爱和平的大多数；悲观主义者是坏人，是只会给大众捣乱的一小撮。

文化乐观主义者是哪些人？他们是：民粹主义者；市场现代化的捍卫者；各种媒体、风格与类型的爱好者；精英文化与阶级差异的反对者；科技及其所带来的一切的崇拜者；速度、全球化与每一寸流行文化垃圾的迷恋者。管你是范思哲还是维吉尔,是娜奥米·坎贝尔①还是弗吉尼亚·伍尔夫,是迈克尔·杰克逊还是詹姆斯·乔伊斯,是麦当娜还是米老鼠,是西娜②还是萨福,是说唱还是流行,是阿特金斯大夫③还是马丁·艾米斯,是知名的还是边缘的,是白人还是黑人,是汤姆·克兰西还是保罗·维利里奥——统统来者不拒,在文化大世界如鱼得水。融合即现代。

诚然,文化乐观主义者并不总是特别自洽,但这有什么关系呢?打比方说,一个乐观主义者选择葡萄酒时,势必去咨询专家,因为只有专家会辨别口味与香气、力度与甜度、用的是哪个酒庄的什么葡萄、葡萄又种在酒庄的哪一边。乐观主义者欣然承认,自己没有这样一个权威的指导就会茫无头绪。虽然他公开拥护文化民粹主义,但这并不意味着他就得去喝百威啤酒;在华迪斯(一个南斯拉夫服装品牌)与范思哲之间,他当然也会选择后者。可一旦事关文学,文化上的乐观主义者会立即站在丹尼尔·斯蒂尔④一边,像那些主张忽视但丁的人一样,认为但丁与我无关,但丹尼尔与我有关。在文艺界,文化上的乐观主义

---

① Naomi Campbell(1970—),人称"黑珍珠",英国超级名模,同时也是歌手、舞蹈家、作家和慈善家。
② 《战士公主西娜》(*Xena: Warrior Princess*)的主人公。
③ 罗伯特·阿特金斯(Robert Atkins,1930—2003),生酮减肥法的鼻祖。
④ Danielle Steel(1947—),美国通俗文坛最具代表性的畅销书作家之一,发表了二十五部作品,发行量超过一亿三千万册。

者强烈反对一切树立权威的尝试。为什么？因为价值判断正是他们的敌人——悲观主义者——所最最提倡的东西。

文化悲观主义者是哪些人？他们爱发牢骚、末世感强、冗长乏味、怀旧、崇尚精英主义、为人保守、教条、无趣、拥护传统文化，他们是老学究，是西方经史典籍的拥趸，他们擦拭博物馆胸像、挖坟掘墓、挽救已死的艺术、崇拜阿多诺、遵从并传播道德伦理，他们是一些已死的老白男。奇怪的是，正是这些已死的老白男，这些僵尸，被当作了威胁；由于这些尸体，我们活在了一场永不停止的文化战争中。

别人如何我不清楚，反正，我在这场战争中站在了正确的一边。我成了一名乐观主义者——我承认我倒戈了，不过倒戈的人往往对新军拥护得更热烈。在选择了自己的战线后，我决定把共产主义文化意识形态业已生锈的武器重新拿出来（我了解这种武器，而且，知识就是力量），用以对抗我们的敌人——那些老白男的尸体。

在早期的共产主义南斯拉夫，曾有过文化劳动大结合的风潮，劳动者指的是工人。我不幸未曾亲历这个风潮，但我知道，炼钢工人能免费领取《天鹅湖》的门票，采矿工人集体外出活动的地点是现代艺术博物馆，歌剧演员会去钢厂和煤矿为工人演出。在共产主义时期，有一次我去莫斯科大剧院看戏，看到有一整看台的观众席上，全部坐着矿工。虽然后来我发现这些人其实是一些喝醉了的芬兰游客,只是穿得像矿工罢了。

在那个社会主义的初级阶段,文化禁止只为精英所有,也不许劳动者无礼拒绝反精英文化的友谊之手。

作为一名乐观主义者,同时,也作为一名作家,我决定挽救文化与劳动者破碎的关系。我给古驰写了一封信,表示自己愿意在对方同意的前提下,让自己下一部小说中的人物都穿上古驰。我也给家电界的奔驰美诺电器写了信,表示我愿意指定自己下一部小说中的女主人公只用美诺吸尘器打扫她的公寓。我还同时给菲利普·莫里斯国际烟草公司和专为大号美人制衣的设计师马丽娜·雷纳尔蒂去了信,表示自己准备写一本叫《大号美人遇见万宝路男》的小说。我又给阿姆斯特丹的钻石切割商寄去一封内容相似的信,因为说到底,切割钻石也算一种与挖矿有关的工作,而且即使他们不给我投资,寄一点钻石也是不错的。我满怀信心,一定能很快收到他们的回信——无疑,内容一定也是乐观积极的。

我们的新神——决策者们——从高处向我们投来了微笑。谁是决策者?决策者,是玩弄市场的人、做广告的专家,他们把耐克当作莎士比亚一样严肃对待,好让顾客在购买了耐克以后,产生一种对整套莎士比亚烂熟于心了的快感。决策者不喜欢悲观主义。我们这些乐观主义者,都是天选之子。为什么呢?因为只有我们乐观主义者,才是稳定的消费集团。

2000 年

乡下亲戚

"谁住在那里?"

"我。至少我以前这么觉得。但也许并不是这样。毕竟,不是每个人都有房子住的。"

一个小红点

　　欧洲大学的斯拉夫语图书馆是一个很特别的去处，它像天象仪放映的夜空，会让一些敏感的人直面自己在宇宙中真实的位置。去这样的图书馆会令人不快，尤其对本身就来自南斯拉夫、自己也从事创作且爱好书籍的人来说。与这样一个图书馆内摆满书籍的书架相遇时，这个人心中最后的一丝幻想也会被打消。

　　因为他熟悉每一本书：它的作者，它成书的社会背景，它的一生。而现在，在这个斯拉夫语图书馆中被遗忘的一角，他又在一堆与这本书同样无人问津的书中，看到了它生命的终点与它最后的归宿。

　　在这个勉为其难营造出来的图书社区里，参观者会找到来自塞尔维亚的书、来自克罗地亚的书、来自波斯尼亚的书、来自斯洛文尼亚的书、来自马其顿的书……每一本书都同样孤独。安德里奇与阿拉利卡①放在一起，

---

① 伊万·阿拉利卡（Ivan Aralica，1930年9月10日—），克罗地亚文学家。

契斯①与科什②像芝麻街双胞胎一样肩并着肩,因为就像天地不仁慈,字母表也是无情的,它公正无私。

看到馆内藏书这样少,参观者起先还很失望,但很快接受了安排,就像接受了最高法院的仲裁。他看出有些安排是图书管理员官僚主义的手笔,有些则是克罗地亚-塞尔维亚文学界客座教授们自由发挥的结果。有一个教授给图书馆带来了大量自己和朋友写的书,有一个带来的全是本族同胞的作品,还有一个只爱本乡文化,因此所提供的书都来自自己的故乡。参观者会看到各种他从没听说过的书名和作者:无名者是最争强好胜的,因为除了他们自己,没有人会给他们照拂。站在斯拉夫语图书馆蒙灰的一角,参观者的指尖滑过书架,仿佛滑过象征自己命运的掌纹。

突然间,他被一种自怨自艾的情感吞噬了。他开始怀疑一切是否都值得:他漫长的求学生涯,他那充塞着名字、引言与事件的文化记忆,除了与自己的同胞和少数外籍南斯拉夫人以外,他无法与任何人分享这些文化记忆。他不知道在这样一个积灰的书架上赢得一席之地,是否值得他浪费一生。

---

① 丹尼洛·契斯(Danilo Kiš,1935—1989),犹太裔塞尔维亚文学家。
② 埃里赫·科什(Erih Koš,1913—2010),犹太裔塞尔维亚文学家。

参观者仿佛脚下生根，一动不动地站在书架前，丝毫不想抽出任何一本书。但他注意到，有一本书的书脊上有一个小红点。他受到小红点的鼓舞，抽出那本书，快步走向图书管理员。管理员是个上了年纪的女人，面容苍白，皱纹堆垒，一旦长时间处在一种环境里，就会与这个环境融合，她正是这样一个活生生的例子。

"这个小红点是什么意思？"

"它表示这本书不予外借。"

"为什么？这是本新书呀。"

"因为这种书一旦借出去容易回不来。"

"你是说，有人会私自留下它？"

"是的。"

参观者快步走回书架前，开始寻找小红点。

他凝视着面前带着红点的小书，刚刚雀跃起来的心情，被一种苦涩取代了。他知道这本小书在取得最后的平静、最后一点小小的荣誉、一个标志着自己与众不同的记号、一个代表着胜利的小红点以前，经历过怎样的战斗。

首先，它必须在自己所处的社会环境中活下来。而挨过这个社会环境就像走过热兔[①]通道一样漫长、一样煎

[①] 南斯拉夫"裸岛"（Goli Otok）集中营折磨政治犯的一种残酷手段。新入营的犯人要先通过一个"入营式"：走一条由老囚犯形成的走廊，被两边的人以唾沫、拳脚与石头相向。——原注

熬。即使在南欧，小地方的文学环境也要比大都市的文学环境残暴、危险、艰难得多。塞尔维亚、克罗地亚、波斯尼亚与黑山的文学境况，在外界看来，或许不过是一帮人在不遗余力地毁书：一个菌群在一丝不苟地蚀纸。在那样一种环境里，没有人能单独活下来，人们必须成群结队。文学种群就像海豚，总是集体行动。根据历史形势与当下执政者的需求，他们一会儿排成花环，一会儿排成卐字符，一会儿排成闪闪的红星。他们靠彼此活着，以共生的方式续命。没有任何一个人独自磨炼天赋；每个人都从别人身上汲取营养。他们像猪一样住在猪圈里，那是他们从上一个政权那里得到的奖赏，如今他们唾弃这个政权，却没有放弃他们的猪圈。不管怎么说，这个猪圈是他们争了一辈子文学主编、文学奖项和重要职称，才争到的领地。对他们来说，这就是巅峰，再也没有比这更高的位置。为了得到一些东西，他们都曾对人妥协；因为自己的请求曾被拒绝，他们也就去拒绝别人的请求。他们仇恨彼此，算计彼此，要彼此流血。他们龇牙、撕咬、号叫、狂吠，像母鸡一样聒噪，像毒蛇一样嘶嘶吐着信子，但他们绝不分开，因为他们需要彼此，只有在一起他们才能活下来。他们各自出版大大小小的书，在各自国家的书架上玩文学的摔跤；因为其他书架上没有他们的位置。他们被孤立，他们为此自豪，因为只有被孤立的人才能不受干扰，一心做自己的事。他们有着叫人妒忌的生命力，仿佛寄生虫，绝不放弃任何一丝生机。没有什么风暴能动摇他们。他们坚不可摧，他们的身体因为充血而肿胀，一旦有机会，他们就会相互叮咬。他们有着叫人妒忌的弹性，能在刹那间变化，因为存活比生活更重要。为了活，他们降低道德标准、满口谎言、相互模仿、两面三刀、掩饰真实的自己。他们是天生的告密者，也是天生的奴隶。他们喜欢说大词，扯国事、文化、文学与艺术。他们与知识文化有关的唯一活动只剩下批判：我们要扔掉这个、割掉那个、摧毁这个、消灭那个。他们不断壮大自己，吸纳弱小的人，好让自己看起来更强大。他们贪婪，他们永不餍足。

最近他们将手中沉甸甸的枪指向了彼此，使用他们共有的语言，向对方宣战，让这个语言分裂为三种——克罗地亚语、塞尔维亚语、波斯尼亚语，虽然只有他们自己才知道这三种语言的区别，而国外的斯拉夫裔人都怀着好意将这些语言视作区别几可不计的方言。但是那些外国人懂什么，再说这与他们有什么关系！接着他们在文学的领土上挖起战壕，把文学也分成三种——克罗地亚文学、塞尔维亚文学、波斯尼亚文学——他们划出边境、设置文学的边防和通行证、将外人丢出各自的图书馆、重修教材，终于，感谢我主，他们之中再也没有外人了。但这还不够：他们轰炸图书馆，每个人都尽其所能，打着身份认同、语言认同与千年传承的文字旗号，毁掉成千上万册书。而这还不够。他们还要从各自的文化中抹去他们自己的作家，抹去那些被时代淘汰的人，那些妄自尊大的人。他们让没有文化的人去做文化部部长、主编、出版社社长、学院院士。他们雇用的图书管理员，被要求在发现不合时宜的书时，将它们丢进垃圾桶。反正，这世界上的书太多了，反正书只会积灰。然而这时候的书，反而比以前更多了。他们出版各自总统的书——克罗地亚总统、塞尔维亚总统、波斯尼亚总统，出版总统妻子的书、将军的书、政客的书、军人的书、杀人犯的书。他们狂热，他们游说，他们写抗议信，他们煽动他人、寻衅滋事，他们要求国外大学设立专门教授他们各自语言与文学的学院，要求国外图书馆设立专门存放他们各自国家图书的书架，他们强加于人，他们在网络世界中兵戈相见，愤怒使他们不共戴天。（要我们与那些外国人在一起？看在上帝分上，这就像把歌德与穆齐尔放在一个书架上一样天理不容！）他们捍卫他们本国的文化，捍卫他们本国人的身份认同。他们喜欢搞运动，他们永远在运动。他们谴责自己的作家叛国求荣，一旦有这样的叛国者在国外出书，他们的心就被妒忌所吞噬，他们给国外报纸写恶毒的匿名信，控诉自己的同胞，即使追到阿拉斯加他们也绝不放过这些叛徒，这些人必须被制止……他们很少买书，因为他们很少读书，因为谁家有地方放这些书呢，因为书只会积灰。他们喜欢搞运动，他们永远在运动，他们把最最珍贵的纪念碑都抛诸身后：克罗地亚人把莫斯塔尔古桥留在了内雷特瓦河底，塞尔维亚人把萨拉热窝图书馆炸成焦土。废墟是他们的记号，废墟是他们的标志，废墟是他们的签名，废墟纪念着、代表着、隐喻着他们的文化——废墟，是他们为文学奋斗的真正的结果。

站在空寂而幽暗的斯拉夫语图书馆，凝视书脊上的小红点，参观者重温了用小语种斯拉夫语撰写的书籍那戏剧性的一生，这历史无法传承给任何人，因为谁也无法理解，因为谁也无法轻易明白。参观者知道，书脊上的小红点，是这本来自南斯拉夫文学领土的小书所能成就的最高奖项。它比诺贝尔奖还要珍贵。因为它是经过秘密表决而产生的，在这次表决中，参观图书馆的不知名的人——克罗地亚人、塞尔维亚人、波斯尼亚人——共同选择了这本小书作为他们心中真正鲜活而有意义的文化遗产。谁知道那些参观的人是学生、避难者、被放逐的人、恋人还是小偷？谁知道是哪些失意的人选中了这本书作为他们的文学之王？而谁又真的想知道呢？选择既已做出，落选的书只能继续静静躺在灰尘里，从现在，到永远。

那颗小红点，在斯拉夫语图书馆空寂的一角搏动着。我们的参观者仿佛脚下生根，一动不动地站在原地，凝视着它。接着，他小心翼翼地，将标有小红点的书从书架上拿了下来，轻轻地放进口袋里，仿佛它是活的，仿佛它是一只迷了路的小老鼠。他嘴上带着苦笑，离开了图书馆。

1998 年

我本可成为伊万娜·特朗普，
但不知在何处拐错了弯

新建国家的意义何在?

新建国家的意义何在，既然这些国家的诞生像统治者经常喜欢诗化的那样，总是不得不沐浴着鲜血？婴孩又为什么不住哭泣，好让自己的声音压倒世上所有其他的声音，既然这场哭泣又单调又乏味？

我有一本这类新建国家派发的护照——克罗地亚护照。持有该国护照并不意味着我就有能力对国家这个概念说长道短，但我还是想说点什么，因为最近我发现，我的话是有一定合理性的，它的合理性来自事物普遍的性质。

最近有个中国人问我："你们克罗地亚有多少人？"

"大约四百五十万人。"

"哦，太好了，那你们一定都互相认识吧！"

是的，小国是要比大国容易了解一些。

克罗地亚这样新生小国的国民，在研究社会，学习历史学、人类学、社会学、行为心理学方面，都有着难能可贵的机会。这样的机会一生最多一次，而国情稳定的大国国民可能连一次都没有。另外，新生小国中新奇有趣的事比稳定大国中的要多，就像新生儿会给父母的生活带来翻天覆地的变化一样，新生国家也会给它国民的生活带来翻天覆地的变化。我就亲身经历过这样的变化，也许正因如此，我才在谈论国家时有这样的自信。

一个国家的诞生不仅能洗净肮脏的钱，还能洗净肮脏的秘密。一个罪犯要想成为英雄，一个愚蠢的穷人要想一夜暴富，最快最有效的方式，就是参与到小国诞生的斗争中去，因为那里有最意想不到的敛财方式，因为在那里，你能最迅速也最高效地获得财富与权力，以及那栋一直令你垂涎的别墅楼，尤其如果这栋楼原本属于别人的话。那些新生国家的土壤尤其适合培育新奇的人类行为。生命体的激奋、无耻与极端，都将被新国的显微镜放大，人类可能达到的亢奋程度，会令目睹它的人惊讶得忘了呼吸。

新生国家的人口流动方式也令人称奇：有的蜂拥而出，有的蜂拥而入。人口分布的变化，以电影快放的速度进行着。有人回到即将诞生的新国，为助产士们效过绵薄之力，因此摆脱了流亡加拿大、在比萨店打工的惨淡命运，一跃成为国防部部长；因此从乡村小学教员的位置，一举爬上了文化教育部长的宝座。只要全心祝贺国家诞辰，一个缺少文化的水管工，也能当上外交部部长，世上还有比这更快的升迁之路吗？一个人只要写一首称赞新生儿的小诗，就能在印度、澳大利亚或美国等地谋得领馆里的一官半职，世上还有比这更方便的事吗？只要在正确的时刻帮新生的孩子拿过一次奶瓶、擦过一次屁股，就能成为国家级雕塑家、国家级画家、国家级戏剧导演、国家级作家，世界上，还有比这更简单易行的成功之道吗？

简而言之，新国诞生的瞬间，是一个神奇的瞬间：它推进了人与人之间关系的发展，激化了国民的神经，使他们感到了晕眩，让无中生出有，让不可能成为可能。反之亦然：只要公开表示自己认为新国诞生的勾当浸淫了鲜血、令人作呕，立即就会被剥夺一切，驱逐出境，手里只提着一个小箱子。而这，正是我的情况。还好我有一个箱子。

谁是伊万娜·特朗普？

伊万娜·特朗普1949年出生于捷克斯洛伐克，在小镇哥特瓦尔德夫①长大。她父亲买卖家具，她曾是游泳冠军。小时候，伊万娜经常在暑假时与父母去亚得里亚海岸度假。像所有捷克人一样，她也喜欢亚得里亚海，但正是在那里，她留下了人生中第一个不愉快的回忆。那

---

① Gottwaldov，今兹林（Zlín）。

是旅游业尚未开发的年代，当地人喜欢有硬通货的德国佬（Krauts），把没有硬通货的外来人称为饺子，对他们不怎么友善。可能是因为亚得里亚曾给过她伤害，伊万娜不再参加游泳队，转而开始滑雪。她进入捷克国家队，成了那里的队花。由于美貌，她曾做过捷克时尚杂志《摩达》（Moda）的封面人物。1973年，她移民加拿大，投奔同为滑雪运动员的男友乔治·希罗瓦特加。这位男朋友开了家运动商店。伊万娜成为专职模特三年后，放弃了模特生涯，从乔治的妻子，变成了唐纳德·特朗普的妻子。任何还不知道唐纳德·特朗普是谁的人，只要去一下纽约，看一看第五大道上离广场饭店不远的特朗普大厦，就会明白了。伊万娜·特朗普在光辉的十年婚史中，坐到了上述饭店的经理位置，并在1990年离婚后拿到广场饭店所有权，并一笔巨额分手费，成为一个成功的女商人、女作家，一个活跃于社会顶层的特权阶级。有一回她说："我不是演员，我不会唱歌跳舞，我不是巨星，我是一个人设，我经常到处跑，而每到一处，我的人设都能帮我把我的产品卖出去，也许我卖的，就是自己。"

我与伊万娜·特朗普有何关系？

没有关系。但如果非要找的话，那么：

我去过广场饭店。有人带我去那里喝过茶,还吃过英式茶点。

我曾在《纽约时报书评》中读到过一篇很长很长的关于伊万娜·特朗普创作小说的专访。如果不是因为那期书评正好有一篇恶评约瑟夫·布罗茨基《水印》的极不公正的文章,我应该是看不到那个专访的。一个书评人吐槽布罗茨基的语言充斥着隐喻,另一个则赞扬说伊万娜·特朗普的分析——尤其她对俄国占领时期前捷克社会主义的分析——鞭辟入里。我没有读过伊万娜·特朗普的小说,但我在电视上看到过小说改编的电影。我最喜欢的,是伊万娜逃离捷克的那场戏。她身姿矫健,踩着滑雪板,从边境飞跃。就这样一路滑到了加拿大。

有一回我在纽约碰到一个捷克作家,对方说她找过伊万娜·特朗普,试图说服她为境况惨淡的捷克图书馆捐点钱。伊万娜·特朗普一分也没有捐。

有一回我在伦敦参加了一场与自己格格不入的派对。伊万娜·特朗普也在。派对的主人以一种纡尊降贵的姿态把我介绍给她,好像她是托马斯·曼。我伸出手说:"很高兴见到你。"她什么也没有说。不知为什么,我觉得她的外形有些动人。由于头发漂得太白,脸上妆容太厚,嘴唇太红太油,仿佛新鲜出炉的热狗,她让我想起了七十年代伟大的捷克电影中的那些女英雄。

伊万娜·特朗普与我的关系，
以及国家与上述所有内容的关系

安德烈·纪德的小书《帕吕德》——这本书我总是把它当作人生失败者的致歉信——中，曾有这样一句话："战胜之师的身上，都有体臭。"这句话让我永生难忘。

我离开新生的祖国，是为了远离那些靠战争肥己的人，那些南斯拉夫战争真正的胜利者：这类人都有油腻的头发，脖子上都挂着金项链，手腕上都戴着劳力士，手里都摆弄着他们新到手的玩具（武器、工厂、游艇、饭店）。我离开新生的祖国，是为了远离那些占据了本该由文化人栖身的位置的文盲：他们进入大中小学，占领了出版业和报业。我离开新生的祖国，是为了远离那些用哗众取宠的爱国戏码与忸怩作态的阿谀逢迎征服了新国每一寸土地的胜利者。我受不了他们胜利的气味。

相反，伊万娜·特朗普迅速回到了克罗地亚，回到了童年记忆中的那片海。他们说她从那些头发油腻的当地人手里，买了不少玩具：饭店、赌场、商店。她承诺资助国人，尤其是女性。她宣布："克罗地亚女性在很多方面都具有天赋，她们善烹饪、善女红、会画画。"作家伊万娜·特朗普只为自己买了个小东西：斯普利特晨报《自由达尔马提亚》(*Free Dalmatia*)报业集团。她说自己绝不会插手编辑工作,只要求报纸专门为她开一个专栏。

本文作者究竟想说什么?

伊万娜·特朗普究竟是不是真的像克罗地亚媒体所说的那样买下了报业集团,我其实不太确定,但这不重要。当我的学生问我一个人如何才能成为作家时,我的回答却是明确而肯定的:"找一个运动项目,往死里练。任何别的做法都会让你误入歧途。"

因为说真的,作为一个世界公认的大作家,约瑟夫·布罗茨基肯定没有机会成为了不起的滑雪运动员了,但对已经是滑雪运动员来说的伊万娜·特朗普,成为作家、乃至成为《纽约时报书评》所说的"对自己前社会主义祖国的政治形势有着鞭辟入里的分析"的学者,都是易如反掌的事。成为作家的我自己,能够再去做一个足球运动员的前景也不太乐观,但是任何一个足球运动员都能轻而易举地跨界到我的领域:文学。就像达沃·苏克①在克罗地亚队赢得1998年世界杯季军后说的那样:"我并非有

---

① Davor Šuker(1968—),退役克罗地亚足球运动员,出生于南斯拉夫奥西耶克,在球场上司职前锋,曾获得过1998年世界杯金靴奖。

意冒犯克罗地亚的作家们,但是我们刚才写就的,也许是克罗地亚文学史上最伟大的童话。"

1998 年

G. W. , 阴冷的冬季[①]

"你们都有吃的了吗？"克里斯托弗·罗宾一边大口咀嚼一边问。

"除了我以外，大家都有了，"屹耳说，"你们总是这样。"

在书展五光十色的繁华气象中，出现了一个垂头丧气的参展人。他入场时仿佛布莱克·爱德华兹的电影《狂欢宴》里的彼得·塞勒斯：心中清楚虽没有人请他来，但他属于这里。尽管如此，我们的参展人一点一点失去了自信。他沮丧地站在自己毫不起眼的书摊边，因为在光彩夺目的环境里，谁也注意不到他。他慢慢不去管自己来书展的目的——推销自己的文学作品——了，他开始专心发牢骚。发牢骚是他最喜欢的脑力活动；在发牢骚方面，无人能与他匹敌。他在一个以善发牢骚著称的文化环境中长

[①] 原文为：G. W., the Gloomy Winter.

大,并由一群经年累月除了发牢骚什么也不干的人教育成人。就像挪威人一出生就穿上滑雪板、荷兰人个个都会骑自行车一样,我们垂头丧气的参展人在发牢骚这件事上,表现出了他人望尘莫及的能力,尤其他还是个作家,是他那爱发牢骚的祖国的喉舌。

我们就叫这个参展人 G.W. 吧。他的房子被风吹垮了,墙壁与铁窗无法再保护他,历史授予了他诉苦的特权,应该有人写一写他的样子。

他的样子令你想起外地来的小文人。当你注意到他时,你——这个处于文学中心,或者至少认为自己处于文学中心的人,会立即涌起隐隐的歉疚。这是他下套的开始。我们的这个文人有自卑情结。而有心理情结的人,往往喜欢摆布别人来释放自己。所以要小心啊,没有心理情结的大家,即使你们再成功、再处于文学的中心,也有可能被他摆布。

在这个充满了各种形象与其复刻、模仿和仿真的世界里,我们如何一眼就把 G.W. 这样的人认出来呢?只需看他是否抓紧一切机会贬损其他作家即可。斯大林曾问帕斯捷尔纳克曼德尔施塔姆的诗好不好,他的回答最能说明这类文人的特性。我们甚至不必说出答案;大家都知道曼德尔施塔姆的下场。

G.W. 这类文人天性狡猾。起初,他会先假装自己不熟悉某人的作品，不读其他文人的作品，是他为人处事的准则之一。但只要你稍一追问，他就会对你敞开他紧闭的心扉，像墨鱼一样四处喷墨，你会发现G.W.对自己对手们的作品，了解可谓细致入微。

G.W.与莎士比亚、歌德和托尔斯泰等人自然是亲密无间的；他谈起他们时就像他们的近亲。也许正是因为这种对文学史的熟稔，导致我们的G.W.挥舞起他批判的小剪刀来毫不留情。只有当他把所有的作家全都剪断、切碎、修平以后，他才能获得片刻的安宁。

G.W.最针对的是他同时代的作家，尤其是与他使用同一个不起眼的小语种写作的作家：倘若G.W.来自保加利亚，他就攻击保加利亚作家；来自罗马尼亚，他就攻击罗马尼亚作家；来自克罗地亚，他就攻击塞尔维亚作家；来自塞尔维亚，他就攻击克罗地亚作家。一有机会，他就要贬低这些人被译介到其他语言的作品，说它们的译文真是棒极了。鉴于它们的原文写得是那么的差劲！

G.W.对待外国著名的同时代作家要温和一些。他说萨尔曼·拉什迪的成功是因为那些政治丑闻，翁贝托·艾柯惯用大学教授的伎俩，约翰·厄普代克只属三流，不过在卖字求生。

越是离G.W.遥远的事，越令他痛苦，比如诺贝尔奖。他对每一位获奖者都有一肚子批判，让人听了以后不禁怀疑获奖的分明应该是 G.W.。与此同时，G.W. 还要在批判的字里行间彰显自己崇高的美德，而这美德的真假又实在难以当下验证。

虽然 G.W. 的作品通俗易懂，但他这个人的性格却难以捉摸。他懂得卖弄边城文人的人设：他是从小国来的小作家，写的是小文学，谁也不了解他的语言，他处在文化的边缘。如果他来自文学大国俄罗斯，他就可以打历史创伤牌了。G.W. 娴熟地扮演着糊涂虫的角色，让你在餐馆里会不知不觉地去为他指明盥洗室的方向，因为这可怜的人可能连厕所标志都看不懂。

既然我们恰好说到了餐馆，假设你与 G.W. 正在一起用餐，请记得他绝不会掏钱埋单。这顿饭将由你请客，当然，这一点你已经料到了，不是吗？G.W. 自认为已经作为个人、作为集体的一员、作为历史的一员被踩躏被虐待过，别人当然都应该对他做出补偿。接着，在饭后散步的过程中，G.W. 又会目光空滞地凝视着商店橱窗，喃喃地说着要给一大家子带礼物的事，迫使你不得不解囊相助。但是你发现，虽然 G.W. 自称小地方来的人，看起来卑微困窘，但他从不买便宜货，他买的鞋你也曾想买来犒赏自己，但你没忍心下手。

我曾在罗马见到自己祖国的同胞，买了一双路易威登的鞋。由于他看起来困窘不安，也由于他过去与最近所遭受的创伤，他的意大利语翻译于心不忍，弯下腰为他系起了鞋带。G.W. 自自然然、不卑不亢地接受了。

G.W. 会抓紧一切机会把自己的书稿和媒体宣传资料塞到你手里。连你自己都不知道为什么会把出版社与代理人的联系方式写给他，还亲切主动地提出为他的书写一个读后感。而被崇高的疲劳所拖垮的 G.W.，则会抱怨说自己的同僚们如何用他们毫无才华的书稿对他狂轰滥炸，如何不断向他请教问题，这些在文学上自命不凡的庸才，如何导致他根本没有时间写自己的东西。

G.W. 这样的人只在男性中出现。也因此，G.W. 对文学的体认，只与男性有关。他欣然将自己的文章与诗歌献给其他男性作家。仅就献辞而论，东欧小镇的文人有着强烈的同性相吸体质。在探讨文学时，他永远只与男性对话，他的抨击对象永远只是男人，他举的例子也都是男人的例子，他永恒的友谊全都是与男人建立的，他用来给自己贴金的名人朋友，也都是男的。

至于女同事，他不过是谦让忍耐，但绝不把她们放在心上。如果她们年轻，他就与她们调情；他喝酒喜欢致敬女性的美貌、母性与智慧；如果她们不年轻（也就是说跟他差不多大），他甚至意识不到她们的存在。私下里他喜欢聊女人。一般而言，他的性爱史与婚史都很丰富。东欧小镇女人唯一的作用，是负责洗 G.W. 的袜子，誊清他的作品，养育他一窝一窝的孩子，为他争取更高的稿费，与翻译达成更好的协议，并学习外语，好在他与外国记者交流时充当口译员。她们呵护着的这位天才无须为这些事情劳神。因为怕自己灭绝，G.W.之流喜欢为自己营造一个温暖的妻妾成群的环境。他希望（谁能说他错了呢？）他的妻子们延续他文学宗祠中的香火，看护好他重版出来的文学作品（可能这是他不断更换年轻女人的目的）。G.W.不喜欢清理自己用来写作的猪圈；他不自觉地到处留下大量痕迹，连最普通的公交车票也不肯扔，期望在将来，这些东西都能在以他命名的文学博物馆中找到各自的归宿。

G.W.永远学不会独处与独立，因为他根本没有去学过。私生活方面，他有妻妾围绕，公众生活里，他有小圈子的追捧、有文学界的朋友、有政见一致的同好、有编辑部门和种种诸如此类的机构的关系，G.W.感到，缺了这些，自己简直无法生活。正因如此，G.W.言必称我们的文学、我们这一代。他一贯躲在群体、国家、时代、人民、文学潮流的后面，因为他怕没有了这些掩护，自己会赤裸地暴露出来，只有自己的天赋可依靠。而他的经验告诉他，没有人能仅凭天赋混社会。

在此让我们说明一点：大家不必对G.W.的牢骚过于认真。因为在他成长起来的那个文化中，发牢骚经常被看作一种社交方式。当他开口诉苦时,你也应该诉苦。这是摆脱他最好的方式。因为 G.W. 需要的是一个听众;因为他最爱的叙述手段,是独白。

大约二十几年前,我遇到过一个为自娱而写了本小说的克罗地亚医生。他写的是一本医院小说,品质还行。那以后过了许多年,他给我打了一个电话。彼时他的书已经由纽约一个出版社出版了。

"祝贺你!真是太好啦!"我说。

"哪里好?!"他愤懑地说。

"出版社出了你的书,难道不好吗?"

"不如不出!我在网上搜了好几个月,可关于我的消息一个字也没有。我该怎么办?"我的同胞绝望地问道。

"我也不知道……"

"你想会不会是因为我是克罗地亚人,所以大家才故意忽视我?"

"这很难说……"

"那他们为什么不写写我呢!?"

"也许因为他们每年出版的类似小说有好几百本……"

"但我写的这本在三个国家都是畅销书啊!"

"哪三个国家?"

"克罗地亚、斯洛文尼亚和斯洛伐克!"

如今的 G.W. 已经加入了热闹的全球图书市场。就目前而言，他唯一能卖得动的，只是一些东欧文学纪念品。然而，有市就有价，有人买就有人卖。所以你不妨也同他打个招呼，挥挥手，稍加关注，对他笑一笑，必要的时候，心里不妨也带上一点歉疚，虽然他确实很可笑，也很叫人扫兴。因为不管怎么说，他的家已经垮了，不该取笑这件事。这就是为什么，你也应该协助他把摊子搭起来，并祝他度过美好而成功的一天。

1997 年

了不起的布里

小国的天才都藏在很隐蔽的地方。

——裴塔尔·涅戈什

离开非商业的封闭文化而进入全球图书市场的文人里,有一类极为罕见但很有意思的人。让我们直入主题:他就是了不起的天才布里。是的,虽然文学家族的成员大部分是智商平常的庸碌之辈,但天才偶尔也是有的。

布里与他牢骚满腹、郁郁寡欢的东欧同人最显著的区别,就是他的开朗与亲切。比如,他遇见一个意大利人,会友好地问:

"所以,翁比这几天怎么样了?写什么新东西没有?"

"翁比是谁?"意大利人疑惑地问。

"翁比就是翁贝托·艾柯呀!"

通过这种天真无邪的自来熟,我们可以一窥布里的心理机制。

在天才布里的心中,自始至终都有着一幅别人早已遗忘的画面。我们都知道这个画面：快乐的母亲抱起她的婴儿，开心地将他包着尿布的小屁股凑近自己的鼻子闻了闻，假装责备道：喔唷唷，这是谁啊？是谁拉臭臭啦？……婴儿开心地蹬着小短腿，妈妈把宝宝擦干净，一只手提着两条腿，亲亲婴儿的小屁股，又说：……是谁呀？谁在亲宝宝的小屁屁，嗯？是妈妈……

还有另一个我们同样熟悉的场景：幼儿在马桶里拉下第一坨屎的时候。这一行为从周遭收获了惊呼与喝彩，大家将屎传阅一遍，在欢笑中祝贺幼儿的第一次胜利。因为成功使用马桶，是正式进入人类社会成为独立人的标志。我们从此之后的任何行为，都再不会激起这样温柔真挚的爱与欢喜了。然而虽然这段屎的经历属于我们每一个人，我们中却可以说没有人将这段经历与自己联系在一起。我们所能记得的永远是我们的孩子、孩子的孩子的首演，却不记得我们自己的首演。

然而，布里却记得。就像童话里某些妖怪非人的力量被封存到了一个意想不到的地方（比如，一只小鸟的心脏里）一样，布里的天赋也埋藏在一个遥远隐蔽的所在。布里一生都在下意识地努力做一件事，那就是重建那完整的爱、重现他第一次如厕时所造成的轰动效果。布里的心里，铭刻着制造纯粹快乐的完美配方。

这就是为什么布里选择了文学。也是为什么他在自己从文的生涯中总是只靠女人：他娶妻——以便保证他的文学产量——他用女翻译，他有主动帮他扬名的女人、女文学作品分析师、女记者、女朋友、女拥趸。与此同时，布里却像雌雄同体一般，对性没所谓，他是他假想国里无性的国王，是他后宫里被阉割了的主人。布里称呼身边的女人从不使用姓氏：他叫她们贝芭（Beba）、碧比（Bibi）、博芭（Boba），就像人们称屎为便便一样，发音传达着一种亲切，一种揶揄，一种刻意的平易近人。

事实上，在布里的世界里，除了布里自己以外，没有人有姓。如果布里说萨沙来给我们修水管啦，那么这个萨沙很可能只是布里按照亚历山大·普希金的小名给水管工起的外号。在布里的世界里，费奥多尔·陀思妥耶夫斯基叫费佳（Fedja），罗伯特·穆齐尔叫罗布（Rob），威廉·莎士比亚叫比尔（Bill）。布里就像所有孩子那样以自己为中心，乐于扭曲他人的姓名，削减他们的高度，缩小他们的尺寸与意义。

布里之所以显得天才，其实是有秘诀的，他的秘诀在于他文学产量的规律性。他对创作过程有其独特的理解，他认为，创作与生理过程无异。写书首先是摄取，然后是制造。他每天吃下去的内容，转天早饭前都要按部就班地拉出来。布里从不扰乱自己的这种消化习惯；故此他总在书房中，过一种极有规律的作家生活。潜意识中布里拒绝脱离婴儿状态,无论付出什么代价。他很快意识到生活这一食品过于复杂、辛辣且危险,于消化养生无益。所以他只吃加工后的生活——高品质的、已经被咀嚼过的生活——简而言之,也就是别人书里的生活。布里只选最好的品牌。对不熟悉、不认识、未经尝试的新品种,他绝不去碰。如果他开始提起詹姆,那是因为他最近的菜单里有了乔伊斯先生的书。

布里绝不是一只普普通通的寄生虫。他并不像绦虫那样寄生在器官里,以器官的健康为代价而谋生,他寄生得非常小心,绝不侵蚀、破坏滋养自己的宿主。他用自己的胃液将别人书中的内容转化成泥,并以字饼的形式拉出来,字饼的尺寸总比他吃进去的东西要大。积极乐观的态度是留在布里体内唯一的东西,它通过一种神秘的化学反应变成了布里自身的主要成分。布里的消化能力很强。谁的牙口和脾胃都没有他好。

布里所以能树立天才形象,与他的读者群密不可分。布里是一个虚构作家,却将所有虚构文学的规则抛诸脑后:思考这些规则会降低他的产量。所以布里的行文特别冗长,滔滔不绝,读者缠绕其间,好不容易才能在他的书里摸到一点情节,感到一点人物性格,看到一点对话、一点行动、一点故事。布里的书中全是纪念碑式的鸿篇独白,全是对自己吞下去的食物的枯燥无趣的反刍。读者很难看出布里食物的原型。但由于他生成的纪念碑大小的字饼总是被冠以厉害的名头——《普鲁斯特的手指》《福楼拜的姥姥》《布洛赫的脚》《弗洛伊德的遗嘱》《与瓦尔特·本雅明共进晚餐》——读者别无他法，只好将自己的困惑归因于布里的渊博与自己的无知。

可如果没有谁真的会读布里的书，为何与要说他的天才形象与他的读者密不可分？正因为没人读才如此！布里的书类似一种文学暴食症的结果，是这种病症一次又一次的纪念碑式的体现。而纪念碑是不应被分解的，我们不必知道它的成分：纪念碑的使命是矗立。故此，没有人质疑布里的天才。谁也不愿浪费时间去印证布里的天才。因为那需要毕生的精力。

不过，布里有时也会受到内心深埋的那幅图景的驱使，语带愠怒地请求旁人多少也看一看他的工作成果。可旁人对他的天赋都深信不疑，他们纷纷机械地表示赞美，再也没有人往小马桶里看一眼。布里只好放弃了。并且自我安慰道：作品有没有人崇拜无所谓，反正它们都已进入了传世经典的殿堂。有没有其他价值先不说，至少它们一本本的体积都很大。

布里快乐地问其他的作家：

"所以你们最近有没有在虐纸啊？"如你所知，布里不喜欢标准书面语，虐纸就是写作的意思；同理，虐碗也就是没有胃口硬吃的意思。

被问的作家看外表就知道正在创作便秘期,只能从牙缝里迸出几个字:"呃……老实说没有……"

布里呢,就像每个为自己的健康体魄感到自豪的人那样,高兴地补充道:"我呀,上天保佑,每天早上都得来这么一次。三十年来天天如此。过去两个月我就写了好几百页纸……纸堆还在增大,不妨告诉你,书名就叫作《曼的高山》。"

然后,布里将目光从自己对话者的身上移开,望向远方想象中积雪的山巅。在那积雪的人类精神的群峰中,标志他的山峰银装素裹、熠熠生辉。它比其他山峰都要高。虽然是用回收的废纸做成的,但这不要紧。这件事只有爬到山上去的人才会知道,而在这个世界上,真正爬山的人并不多。

1998 年

对民族文学史的几句贡献：
在克罗地亚当作家的十大理由

当作家并不是个美差。虽然身为伟大文学世界的一员听起来挺诱人，但切实的感受并不好——置身巨人之中，一个人很容易迷失。所以，如果要当作家，最好选一些小国，尤其是刚成立的小国去发展，比较稳妥。当一个南斯拉夫联盟的作家已经很不错了，但若由于某群人执着于建国、一觉醒来发现自己突然成了克罗地亚作家，那简直是中了头等大奖！

克罗地亚人是哪些人？克罗地亚是一个地处南欧的小国，国民皆以本国的千年历史为傲。据说 cravate 就是他们发明的。事情是这样的：拿破仑军队中的克罗地亚战士，为了区分自己，都在脖子上打一个文质彬彬的小领结，领结由此得名。在克罗地亚的千年历史中，就数这个传说最出名。还有一个 penkala 的传说也很出名，说约瑟夫·彭卡拉（他本是捷克人）在 1902 年发明了圆珠笔。这两条重要信息，都能在自诩翱翔于高空之上的克罗地亚航空公司的宣传册上找到。①

除了长达千年的历史，克罗地亚人还有刻在碑上的文献。碑文最早可追溯到十一世纪，由于在巴什卡出土，故被称为巴什卡石碑。克罗地亚人为这块最初的（上面记载了某人向某座教堂捐地的事）石碑深感自豪，其后出现的一切文字，都没有这块石碑更重要。于是，其他国家逐渐积累了文学，克罗地亚却只有一块作为符号的石碑。为了让每个造访亚得里亚海岸的游客都能为自己买一块这样的石碑，克罗地亚的所有礼品店里都有巴什卡石碑的小模型出售。

我们有巴什卡石碑，有文质彬彬的领结，还有圆珠笔，难怪克罗地亚有那么多人写作。至目前为止，克罗地亚作协有五百三十六名成员。从统计学的角度看，克罗地亚是作家的天堂。从其他角度看亦如是。现在就让我们来看看到底为什么在克罗地亚当作家要比在其他地方好。

一、语言

语言优势是必然的。因为，正如某个克罗地亚诗人很

---

① 在法语中，cravate既指克罗地亚人，又指领结；在克罗地亚语中，penkala既指姓氏彭卡拉，也指圆珠笔。

久以前曾歌颂的那样，这种语言雄浑、嘹亮、悦耳如歌。由克罗地亚人、塞尔维亚人、波斯尼亚人与黑山人共同使用的塞尔维亚-克罗地亚语，已被正式区分为克罗地亚语、塞尔维亚语与波斯尼亚语。虽然语言学权威已经明确指出，克罗地亚语、塞尔维亚语与波斯尼亚语本质上只是三种出于政治需求勉强被称为语言的方言，但很可惜，这样的语言学权威还不够多。虽然如此，这次语言分裂，也带来了许多好处。保护语言意味着保卫民族独立的根本，语言也就成了国家事务的一部分。这一局势的改变赋予了作家新的重要性，因为作为民族根本的语言，也正是作家谋生的工具。由于竞争形势的和缓，许多作家舒了口气：在自己的小村里当作家，毕竟比在三个村里争一席之地要简单得多。而且我们发现，克罗地亚作家的作品现在可以很方便地译介到塞尔维亚和波斯尼亚这样的外国去，成为国际作家变得易如反掌。克罗地亚境内有一大片区域划归达尔马提亚，那里的方言又略有不同；如果这个方言也由于政治需求变成了一种语言，那克罗地亚作家就又能够利用到这一民族根本了。

虽然克罗地亚语自身表达极为丰富，有些克罗地亚作家依然选择了用占领军的语言写作：意大利语、匈牙利语，偶尔还有些叛国分子竟也使用塞尔维亚语。由于这个原因，某些作家的作品中有三分之二已被从克罗地亚文学中除名,这样的作家比如伊沃·安德里奇。虽然他依旧是克罗地亚诗人,但他的小说和诺贝尔奖得主的荣耀,却属于塞尔维亚与波斯尼亚。

克罗地亚人热爱自己的语言,当他们不知如何向外国人说明克罗地亚语之无与伦比的美感时,他们就指着拟音词表,随便举个例子,"云杉黑疤上蛐蛐儿在嚯嚯地叫"(*I cvrči, cvrči cvrčak na čvoru crne smrče*),外国人一下子就折服了。

在克罗地亚当作家是一件美事,因为国家本身对语言重视,因为语言本身极具美感,还因为克罗地亚语中的拟音词量是其他语种望尘莫及的,特别是塞尔维亚语,更是完全无法望其项背。

二、弹性

克罗地亚作家的出路很多,甚至可能当上总统。考虑到我们每个总统原则上都是诗人,作家当总统也不是那么出奇。天才作家兼总统弗拉尼奥·图季曼[①],死前曾回忆说:"当我受到迫害、有人想假借车祸之名谋杀我时,一个外国人对我说:您知道吗,将军教授,您要不是克

---

① Franjo Tuđman(1922—1999),克罗地亚政治家、历史学家、军人,克罗地亚共和国独立后首任总统。

罗地亚人,早就获诺奖了。"再者,由于克罗地亚在世界一百八十余国都设有领馆,如今的克罗地亚作家,即使当不了总统,混个文化外交官做做也绝非难事。

克罗地亚的文化景观充满活力、日新月异,故此,它比其他地方都要有趣且刺激得多。比如说,我原来认识的一个编辑后来当上了警察局局长,原来认识的美学教授后来当上了国家军事顾问。我还认识几个贼,后来被称为人道主义者,几个人道主义者,反而变成了贼,还有些作家变成了战争犯,有些战争犯变成了作家。我还认识一些作家,因为只想当作家,而被踢出了文坛。

在克罗地亚,当作家是一件美差,因为如此一来,你的生活将永不乏味。

三、自新

克罗地亚文学永远是从头写起的文学,故此,与别处作家比起来,克罗地亚作家还有一个很大的优势。象征着克罗地亚文字起源的巴什卡石碑是克罗地亚最伟大的传说,因此,克罗地亚作家总是在不经意间就回溯到它身上。

也许这就是为什么,在新建的克罗地亚国,最有价值的工作是图书馆管理员。克罗地亚人深知拥有本国文学的重要性,不说别的,所有其他欧洲国家都有自己的文学——连塞尔维亚都有，于是，克罗地亚文化大众的双眼便一刻不放松地紧盯着文学与文化的形势。图书管理员对馆中不健康的、消极的、过时的书籍进行严格的清理。为了让学校中的孩子更生动地学习如何修正、革新、厘清图书馆的历史，图书馆有时还会挑选一些孩子帮管理员丢书。

平心而论，克罗地亚作家对出身的接受度比克罗地亚雕塑家要强很多。某克罗地亚籍雕塑家，被发现其实是塞尔维亚人，于是他的作品全部被铲倒了，就因为它们好巧不巧几乎全都建在克罗地亚的土地上。该雕塑家享有的盛誉是超越国界的，但这并非艺术爱好者们一致决定将他的作品送回老家去的理由。

克罗地亚作家经常改变自己的态度与观点，有时甚至是生平。既然所有文学都可以自诩并无一定之成规，克罗地亚文学自然也可以。只要克罗地亚文化部长公开说自己不看好这个或那个作家，该作家的作品就可以顺理成章地成为禁书。其他作家会欣然助推这一过程，修改他们这位同人的生平。对这些作家来说，做这种事既叫人激动，又有助于他们不断自新，永葆青春。

四、开 放

克罗地亚文学的大门永远向所有人敞开。当今的克罗地亚就活跃着一位从萨拉热窝来避难的波斯尼亚作家,国家给了他完全的言论自由。国家甚至还接纳了两位塞尔维亚作家,迄今尚无人非法侵占他们位于亚得里亚海岸的度假屋。诚然,其中一位的太太和另一位的母亲都是克罗地亚人,但在文学事业面前,这些都只是鸡毛蒜皮的细节。

著名文学家詹姆斯·乔伊斯曾在1904年11月至1905年3月间莅临克罗地亚小镇普拉(Pula)教授英语,就此奠定了普拉在克罗地亚文学史上特殊的地位。莅临指导期间,乔伊斯的外貌也由于克罗地亚发生了改善:他在普拉矫正了牙齿,并去当地一家理发店按照当时流行的款式修剪了胡须。虽然乔伊斯很少提及自己的普拉之行(只说过自己因为矫正了牙齿所以在喝最喜欢的洋葱汤时不再感到不适),但从克罗地亚的角度来说,他在此逗留期间,留下了极为丰富的信息。克罗地亚各大文学院都有大量学术研究表明克罗地亚作家与詹姆斯·乔伊斯及其他著名爱尔兰作家确为手牵手、肩并肩的同胞兄弟,因为克罗地亚和爱尔兰都是天主教国家,都为脱离压迫人民的联邦政府、达成最后的独立自由而进行了几个世纪的奋斗。感谢上天,就在前不久,克罗地亚人已经站起来了,而爱尔兰人还生活在水深火热之中。

另一个来过克罗地亚的名人是卡萨诺瓦,据说他在菲尔萨尔(Vrsar)染上了淋病。还有一个虚构的古斯塔夫·奥森巴哈也来过。据说他在去威尼斯赴死的路上，曾驻足克罗地亚布里奥尼岛，该岛后来因铁托经常在此度假而闻名于世。

虽然美国原住民中有一支Croatan（克洛坦族人）——有迹象表明他们可能是达尔马提亚的水手，因为迷失航向漂到北卡罗来纳海岸并与当地女性进行了跨国交流而定居，因此其是否为美国原住民尚有争议——但克罗地亚作家成为美国作家依然很难。不过，美国作家只要有意，随时可以成为克罗地亚作家。朱丽叶妮·伊登-布希克（Julienne Eden-Bušić）曾因恐怖主义活动与其克罗地亚籍丈夫茨冯科·布希克－塔伊科（Zvonko Bušić-Taiko）在美国监狱中度过了十三年。这位重要的克罗地亚作家的传记中，有两个举足轻重的日子。一是二十世纪七十年代朱丽叶妮在克罗地亚某摩天大楼上撒下传单倡议克罗地亚为独立而战的那一天。二是她与丈夫一起劫持了某架开往纽约的飞机（并一路撒下同一份传单）的那一天。这一天，一名警察遇害。出狱后，朱丽叶妮被隆重介绍给了克罗地亚的广大市民，因为她的勇气，也因为她在境外替克罗地亚扬名，她受到了广泛认可，并被聘为克罗地亚驻华盛顿大使馆的顾问。此后，朱丽叶妮回到克罗地亚，在军中任职，专门负责新克罗地亚政府总统的安保工作。1995年，朱丽叶妮出版自传《恋人与疯子》，在克罗地亚国内一版再版,并获得克罗地亚重要文学奖项一次。这位曾经的美国市民,以知名克罗地亚作家的身份在亚得里亚海岸一栋由克罗地亚军队用克罗地亚纳税人的钱建造的别墅中住了下来,辛勤耕耘着她的新书,《恋人与疯子》第二部。

五、登山

由于克罗地亚是典型的小国,它对尺寸自然就特别地关注。克罗地亚人说话喜欢用精神巨像、道德巨石、精神巨人、克罗地亚巨子这类语汇。任何缺乏自信的作家一旦来到克罗地亚,都会很快得到治愈。

克罗地亚人喜欢拔高他们的文学作品,且经常使用与登山有关的隐喻。不过由于他们说到底还是一个滨海国家,所以常会将这类隐喻误用。下面是 S.L.,一位在国内外许多大学中教授克罗地亚文学的德高望重的克罗地亚知识分子对克罗地亚文学的评价:"正像所有的母亲都无一例外地偏爱自己孩子中那个善感、体弱、被安排进特殊班级的后进孩子一样,我虽不总是,但的确常常更偏爱克罗地亚文学,虽然这有违我的职责、智识与精神,虽然我知道文学的喜马拉雅山究竟在何方。克罗地亚文学也有它的高峰,也有它的灯塔。也许跟喜马拉雅山比起来,克罗地亚文学的高峰要屈居第二。但它存在着,它也努力要变成喜马拉雅山。当我们审视冰冷、漠然而倨傲的喜马拉雅山时，要冷静地看到，只要我们默默地坚持下去，与欧洲的高山持续进行对话，终有一天，无须外力，无须宣传，新世界的灯塔会自发自觉地听到我们的声音，而这一声音，也会让他们受益匪浅。"本着这一理念，S.L.教授将自己对克罗地亚文学的爱，源源不断地传染给了自己的学生。"文学作为人类精神现象的一种表现，它有一根纵轴，一个人要与文学真正发生对话，必须通过巨人、通过文学的喜马拉雅山。从过去到现在，陀思妥耶夫斯基一直是我的喜马拉雅山之一。"他补充道。

六、道 德

克罗地亚不是尼泊尔。首都萨格勒布有一幢十层高的大楼，全城居民都自豪地称它为摩天大楼，因为它高。显然，克罗地亚人讲求高度。他们言必精神高度、道德高度。他们会说："看呀，此人标志着精神的高度。"

克罗地亚作协会长就是一个很好的例子。作为近十年的道德标高，他要求作家成为国家的良心。许多人喜欢这个说法，争相成为良心与标高。当然，这些人都是男人。女作家从没有被誉为任何标高。

说起来，我还曾公开倡议为身高堪忧的克罗地亚作协会长铸模，做成真人大小的塑像，取名就叫道德标高；并规定每个作家都要摆一个在自己书桌上，时刻提醒自己真正的文学应该是什么样的——但很奇怪，这个倡议无人响应。可能因为绝大多数克罗地亚作家都没有书桌。

七、意义

因为执着于体量的大小与意义的高低，克罗地亚《每日晨报》曾效仿《时代周刊》搞过一次面向读者的民意调查。《时代周刊》的读者将阿尔伯特·爱因斯坦选为世纪伟人，克罗地亚人的千禧之星则是铁托。为小小的克罗地亚文学写出了绝大部分作品从而使它当得起文学一词的大家米洛斯拉夫·克尔莱扎，光荣跻身第九位。另一位同样受到上天眷顾的作家兼总统弗拉尼奥·图季曼排在第二位。战争犯戈伊科·舒沙克[①]屈居十九位，输给了排在第十六位的另一位更心狠手辣的战争犯安特·帕维里奇[②]。

虽然大部分克罗地亚人并不喜欢克尔莱扎先生笔下的

---

① Gojko Šušak（1945—1998），1991年至1998年任克罗地亚国防部部长，效力于当时的总统弗拉尼奥·图季曼。
② Ante Pavelić（1889—1959），克罗地亚独立组织"乌斯塔沙"创建人，该组织致力于克罗地亚独立运动，在达成克罗地亚独立的同时，使许多塞尔维亚人、犹太人及吉卜赛人遭到了残酷镇压。

克罗地亚，虽然投机分子怪他投机、文盲怪他高深、蠢材怪他才华横溢，但克罗地亚选民还是慷慨地将他们最伟大的作家放在了第九位。虽然大部分克罗地亚人依然相信，除了厕纸外，所有其他的纸张包括书籍，都只会积灰，单米洛斯拉夫·克尔莱扎好歹还是排到了第九。成为一名克罗地亚作家的前景是喜人的，因为在第三个千年，你也可能位列第九。

八、性

克罗地亚作家绝大部分都是男性。在克罗地亚做一名男作家是一件非常性感的事情。文学为搞文学的克罗地亚作家们增添了风采与自信，令他们产生了自己不可或缺、无法替代的幻觉。所有这一切，对性生活都是有帮助的。大部分克罗地亚作家在有生之年都会本着除旧布新的原则换上好几个太太。克罗地亚作家不仅像所有作家一样不朽，而且还能在很长一段时间里保持青春。四十几岁的作家常被称为我们最年轻的作家，五十几岁的作家都还代表着新生代。

作为男性，成为克罗地亚作家是一个相当不错的选择。不过女性作家就完全没有性优势了。只有那些懂得适应与隐忍的女人才能在克罗地亚当作家。

九、还是性

实际上,一个克罗地亚作家可以被看作两个人,这两个人总是一起行动,一个是施虐狂,一个是受虐狂。这就是为什么克罗地亚文学长期有着两大主题:一是克罗地亚社会丧尽天良,毁掉坚持独立意志、不肯轻易就范的克罗地亚市民的主题;一是克罗地亚社会替天行道,毁掉坚持独立意志、不肯轻易就范的克罗地亚市民的主题。整个克罗地亚文学,就在这两大主题的丰富交融中存续着。

过去十年里,一些坚持独立意志的人被克罗地亚社会抛弃了,但还有一些这样的人却融合了进来,甚至还被赋予了思考的权利。某个已故作家的雕像被推倒了,但另一个已故作家的雕像却被竖立了起来。某个作家的家宅惨遭炸毁,但另一个作家却住进了一所新的房子。某些作家遭到了枪口的威胁与媒体公开的污蔑,学校教材抹去了他们的名字,图书馆丢掉了他们的作品,但还有一些作家却出了书,还调高了预付稿费的额度。

克罗地亚文学与其他经由不同文学运动、潮流与风格——从古典主义到后现代——发展而来的文学不同,它的发展完全依循它自己原创的文学演进路径:虐恋。

也因此,克罗地亚的文学生活的刺激程度是异乎寻常的。

十、差异

成为克罗地亚作家最大的意义是,这样一来你就不可能是塞尔维亚作家。同理,对塞尔维亚作家来说,成为塞尔维亚作家最大的好处,也即排除了成为克罗地亚作家的可能。实际上,上述所有十条在克罗地亚当作家的好处,都同样适用于塞尔维亚,以及波斯尼亚,以及其他诸如此类的破地方。

2000 年

没有尾巴的生活

"肯定是有人顺手拿走了。"屹耳说。

"他们总是这样。"一番长久的沉默后,他又补充道。

流亡作家

梦

> 在我的生活里,没有证件,没有职位,没有资产,也没有常驻地址。
>
> ——达里尔·平克尼[①]

我做了个梦。我在机场等人。我等的人出现了,是个与我年龄相仿的女人。上出租车前我问她:"你没有行李吗?"

"没有;我只有人生经历。"女人说。

我这个分身的话可以理解为:经历是我唯一的行李。

专利

> 在一个野蛮依然大量存在、许多人依然无家可

[①] Darryl Pinckney(1953—),美国小说家、剧作家。

归的文明社会中,任何从事艺术创作的人,大概都应该自觉地去做风餐露宿的诗人,去做语言中的流浪汉。应该主动去离经叛道、置身事外,去怀旧,去刻意地不合时宜……

——乔治·斯坦纳

二十世纪是一个集战争、迫害、恐袭、清洗、革命、极权于一身的世纪,在这个世纪中,地图被修改,新的国家成立又灭亡,新的边境出现又消失,人口出现大量移动——在这个世纪,背井离乡并非作家的专利。尽管如此,作家作为在统计意义上最无足轻重也最不可靠的犯罪目击者,却也是为数不多在世界文化地图上留下了脚印的人。

作家通常采取两个视角对流亡主题进行探索:一是流亡者的主人公视角,二是对自己流亡状态(布罗茨基)进行评论的解说员视角。通过写作,作家试图对正在经历的噩梦进行逻辑上的梳理,对流亡期间的恐惧进行安抚,对破碎的人生进行重组,对落入的无序状态进行整理,同时明确刚刚形成的一些见地,消除内心的苦闷。或许正因为流亡作家都有这样的心路历程,他们的作品才会表现得特别冷峻,粗看起来,这与创伤后的应激障碍是很类似的。流亡作家通常表现出紧张、精神涣散、极强的攻击性、爱双关、爱反讽、爱自嘲、气质忧郁、不爱服从、喜欢怀旧的特质。这是因为流亡本身就是一种精神病,是一种对价值观重新检验、对两个世界——流亡者离开的世界与流亡者落脚的世界——不断对比的过程。流亡作家总是在各种极端之间拉扯:流亡既是自怜,又是狂妄的孤军奋战(贡布罗维奇),是醉意阑珊的自由(埃伯哈特①),也是不与乱世同流的精神戒毒所(齐奥朗),同时,还是学习卑微的课堂(布罗茨基)。

类型

> 经典理论认为,流亡是一种天惩,恰如对亚当和夏娃的放逐,人类历史正是从这次放逐开始的。
>
> ——玛丽·麦卡锡

流亡是一种文学状态;它不仅贡献了许多文学名言,其本身也是一则文学名言。基督教的世界史起于流亡。流亡是浪子、背叛、放逐与诘责等基督教寓言的主题,是双重人格与角色互换的故事,是奥德修斯的故事,是浮士德与梅菲斯特的故事。流亡是一则被迫离乡、寻找家园又重

---

① 伊莎贝尔·埃伯哈特(Isabelle Eberhardt, 1877—1904),瑞士探险家、作家。

归故里的童话；是俄罗斯人的傻子伊万，是成长的寓言，是关于单人独骑、起义造反的浪漫史诗。流亡，是一个有关蜕变的精彩纷呈的传说。

流亡还是一种风格，它规定了一种叙事手法。破碎的生活只能破碎地讲（里尔克）；某些文学流派与风格，因其本身的固有属性，无法在流亡期间使用，流亡这种状态，因为给作家强加了许多个视角，与非传统的文学流派与叙事风格更为相宜（米沃什）。

读者接纳了流亡的作家，作家则矜持地向他们伸出自己的手。对作者来说，贬低自己的生活是不可想象的，在读者方面，那种做法也绝不会得到原谅。作者与读者之间，围绕着流亡的主题，营造出一种不足与外人道的美好气氛。他们常将流亡主题浪漫化，仿佛它是言情故事。而言情小说与流亡小说在这一点上是相似的：它们往往都要把污垢与伤痛掩藏起来。

这也就是为什么，流亡中的一大困境——官僚主题困境——一直没有人去写。就连流亡者本人都不愿回忆与当局交涉的痛苦经历，也不愿去考证本雅明自杀的真正原因到底是不是因为他一直都拿不到他的身份证明。

言情故事真正在写的，是向往，当向往成真，故事就结束了。言情故事的结尾是婚姻，流亡故事的结尾，是流亡者拿到了另一个国家的护照。

好人顾家

> 被流放的人要为一切做好准备。你是被抛弃的,并未得到解脱,故此并不自由。
>
> ——维克多·雨果

国家不喜欢申领证件的人。每一个国家,无论什么政体,对别的国家都要表现出尊重。官僚制国家自然要尊重官僚制国家,故此,流亡者欲申领居住证明,就不得不走一个漫长而艰苦的官僚程序。因为,好人是不会抛弃自己的国家、自己的父亲母亲的:好人顾家。

没有国界的乌托邦世界、赫列勃尼科夫[①]心中那个诗人在任何城市都有免费居所的理想世界、群体从不堪走向美好的世界、让游牧生活与旅行生活成为可能的世界——这种种世界,最后都有要面临官僚制审查的那一刻。在那一刻,迁徙的人面壁而立,一个新的空间打开了,那里是拒绝与绝望、编造与作假、冒充与虚伪。只有傻瓜会迎风撒尿,只有蠢材会给自己业已破碎的生活雪上加霜,只有白痴会试探自己权利的极限。只有狂徒

[①] 维克多·弗拉基米洛维奇·赫列勃尼科夫(Velimir Khlebnikov, 1885—1922),俄罗斯诗人、剧作家,俄国未来主义的创始人之一。

会在国门前表现出不耐烦,但狂徒毕竟是少数。务实的人对官僚制度逆来顺受,以获得证件为第一要务的平凡的人们,安安静静地接受了各自的权利。黑手党脚底抹油般悄无声息地滑过每个国家的边防,流亡作家却被一再要求公开解释自己离国的原因。看起来,虽然世界主义是犯罪生活顺理成章的一部分,但对作家来说,这却是一种不正常的生活状态。

我自己既不是移民也不是难民,更不寻求政治庇护。我只是个作家,在她人生的某一刻决定离开她的祖国,因为她的祖国,已不再是她的。

好女孩去天堂,坏女孩走四方

> 我之所以宣称自己既非流亡者,也非流浪者(虽然我的确无家可归),是因为我憎恶流亡这个词,憎厌它身上披着的浪漫而忧伤的外衣。
> ——布莱滕·布莱滕巴赫[①]

我曾怀着极大的兴趣目睹一位与我同样来自东欧的作

---

① Breyten Breytenbach(1939—),南非作家、画家,曾因反对种族隔离被南非政府监禁。

家拿出他的全家福给记者看。他情真意切地拿出照片,照片上有他、他的妻子、他的孩子,大家其乐融融地坐在一起。但他在撒谎。其实照片里的女人是他的第二任妻子,孩子是他与第二任妻子一起生的。那以后,作家又娶了第三任妻子,而他的第三个孩子也马上要出生了。然而他希望别人将他看作一个过着普通家庭生活的男人,他的愿望如此强烈,不仅我们相信了,连他自己也相信了。

整件事最触动我的地方,是他选择了这样一张照片去呈现自己。作家试图让自己的形象符合普世标准。他走到哪里都带着这张照片,因为他的第一任妻子太老(他觉得丢脸),第一个孩子太大(这样显得他太老)。第三任妻子太年轻,让他在周遭人眼里显得不那么严肃。而当中那一任则正正好好。

一个单身、无子嗣、钱夹里别说全家福连宠物照片都没有的流亡女作家,处在流亡作家鄙视链的最低一级。因为好女人,应该是顾家的。

也许这就是为什么,当我离开萨格勒布时,我母亲把一本钱夹大小的相册塞到了我的手中,相册中全是她挑选的家庭照片。

"拿着,"她说,"这样别人问起来,你就有东西给他们看了……他们就不会以为你在世上孤身一人……"

流亡是一张幕布

> 通常需要一生才能抵达的境地,借助流亡只需一夜就能抵达。
>
> ——约瑟夫·布罗茨基

流亡作家不太会遭到漠视。他所选择的人生,亦即流亡,既挑动着他离开之地的人的神经,也挑动着他落脚之地的。人人都想听流亡作家谈政治,因而必然很无聊;流亡吸引人的地方在于其意象本身。自我放逐令人着迷。流亡是一场变革,是对迥异生活的争取,是一个人在异国他乡作为另一人醒来时究竟会怎样的白日梦。流亡是人们喜闻乐见的审判:我们心里都隐藏着在生命中考验自己的愿望。流亡是对蜕变的渴求。

流亡的几种代餐

> 过去美好的流亡生活已不复存在。
>
> ——约瑟夫·布罗茨基

终于被上帝与理想抛弃、只好各尽所能勉强度日的当代人只剩下一样东西,那就是他自己,他自己的赤裸之身。在当代，人们虽然有了实践自由[①]（鲍德里亚），却似乎不懂面对自我时，究竟该觉得喜悦，还是无奈。他们在应用新得的自由时，似乎最喜欢做的就是逃避自己。今天的文化迷恋于自我放逐，它用许多不同的方式从各个角度表达着这一主题。对于创造与再造自我的文化痴迷，无非是人不愿被禁锢在自己皮囊里的表现。人们对另一种生活的向往被社会赋予了正当性，更获得了媒体及时刻准备着满足消费者的各种产业的认可与激励。

以整容为首的医美产业，成了当代人的变身利器，其重塑自我的花样可谓层出不穷。某辛迪·杰克森小姐一整再整，只为了让自己变成芭比娃娃。某纽约女性为了长成自己挚爱的暹罗猫的样子，经历了不计其数的手术。

为了满足文化对身体变革的执念（因为身体是唯一可任我们摆布的东西），健身产业、轻食产业、塑形技术和时尚产业应时而起。"你有权成为你想成为的任何样子。"拉尔夫·劳伦（Ralph Lauren）曾这样说过，他坚信创造自我是人类解放的最后一步。

为了满足文化对精神变革的执念，大师、快乐丸、教你如何与众不同、改变自我的人生指南应运而生。精神理

[①] Practical freedom，指知道何为正确的能力，以及根据这种知识而做出选择的能力。

疗师也有了新的职责：他们变成了帮你管理私生活、提出改变建议、指导私人生活每一集内容的教练。

旅行（也是流亡的一种替代品）已经满足不了人们换风景的需求，建筑被充满想象力地拉来做了壮丁。种种迹象表明，美国正在全面迪士尼化，而欧洲各国也不遑多让，多媒体商业圣殿耐克公园（Nikeland）便是明证，还有各种旅馆、主题乐园与购物广场，在这里，"消费者变成了移民。他们徜徉其间的体系过于庞杂，没有人会在一个地方多做逗留；同时，这个体系又禁锢着他们，限制了他们逃离与流亡去别处的可能"（米歇尔·德·塞托）。

在二十世纪末的今天，人类自己成为他自己最喜欢的玩具，忙于对自己进行制造、改造、创造与再造。所有伟大的乌托邦与所有伟大的革命融汇在一起，成了同一件事：针对个人身体、个人形象与个人性格的观念革命。

流亡是一种人生选择，而不是角色扮演。流亡者与旅人、现代重塑自我游戏玩家唯一的区别在于，流亡是不可撤销的，若非如此，那么可以说，我们都在流亡。

真流亡者不回头

> 我们的祖国正在流亡。
>
> ——米格尔·德·乌纳穆诺

真正的流亡者从不回头,就算能回头,他们也不回,就算被称为祖国的伤痛已经痊愈了,他也不回去。因为,为何要重走老路?能承受两次流亡的人毕竟很少。

我曾问过约瑟夫·布罗茨基,有朝一日是否会重返俄国,哪怕只是去看看。他没有回答,只给我看了一封信。那是一封被揉皱的短信,用俄文写成,以极端恶毒的语言,表达了对犹太人的敌视。写这封匿名信的人想要警告作家,永远也不要想着再回去。

"收到过这种东西,试问我怎么回去?"布罗茨基说。

他流露的忧伤让我惊讶——不是忧伤本身有什么不可理解,而是他选择流露这件事本身。因为布罗茨基并不是一个喜欢做流亡表演的人。

后来,在一本采访他的书中,我偶尔读到一件动人的小事。当记者拿同一个问题去问他时,他也给记者看了同一封信。

这样看来,这位著名的流亡者也许只是需要一个掩护。他对自己的不安与困惑,对这个也许已经令他厌倦的老掉牙的故事,或是不知怎样去解释,或是干脆不愿去解释。于是每被问及俄国,布罗茨基就拿出这个早已准备好的物件,以一个悲情的默剧演员的姿势,出示一封揉皱了的愚蠢的匿名信,以此来作为他貌似有力的总结陈词。

因为香肠的缘故

> "修旧如新",在苦难中重建起安逸的他,此时还能做什么?他只能在两件东西中寻求救赎:信仰与幽默感。
>
> ——E. M. 齐奥朗

我认识一个冷战时期离开俄国的作家,在西欧受到热烈欢迎。在各种访谈节目中,他无数次像拉出嘴里的口香糖一样拉出同一个隐喻。他说:"共产主义就像蝙蝠一样,落在谁身上,就吸谁的血。"这个隐喻说得太多,连他自己都觉得没意思了。

"其实我是因为有香肠吃才移民的。"他最后说。

"您的意思是……?"

"俄国没有香肠。"

某种意义上,我的这位熟人当众颠覆了自己的英雄人设。而且他一发不可收拾,再也不愿放弃这个关于香肠的托词,于是很快,再也没有媒体去骚扰他。他出了书,但没有受到应有的关注。媒体到底还是喜欢英雄。

流亡者跟我们不一样

反正你永远是个外人。

——布莱滕·布莱滕巴赫

我曾应邀参加一个学术会议，因为有机会在同行面前讲话，心里感到很高兴。于是我说了句，我跟你们一样，意思是我们都在大学里教了很多年的书。

此话一出，与会者立即出现骚动。我无意中说的蠢话让我陷入了尴尬。流亡者虽然能做到很多事，但有一样，他们永远不会是我们，他们永远不会与正常、有序的人一样。因为作为流亡者，我们为了正常、有序的生活，付出了高昂的代价，但没有谁会真正地关心我们。

观众席中有个人指出，我的流亡不是真正意义上的流亡，因为我有护照，我随时能回国，我没有受过殴打与监禁，不是吗？我应该给自己所谓的流亡取一个名副其实的名字：悠长假期。

另一个来自捷克的与会者大声疾呼，说自己曾被迫在共产主义时期逃亡德国，而我逃亡时已经是后共产主义的民主时期了。我可不能给东欧流亡的光荣传统抹黑啊。

总之，流亡者乐于将自己流亡的选择想象成唯一有尊严、有道德的选择。故此，将他们的悲剧命运与其他流亡者的命运相提并论,对他们来说是绝对无法容忍的侮辱。至于那些没有流亡过的人,即使心中认为流亡者与自己相似,也绝不能说出口,因为如果他们确实与你相似,又怎么会选择流亡?

令人失望的流亡者

> 流亡的国度充满妒忌。
>
> ——爱德华·萨义德

一个西欧作家曾问我:"但总有一天你会回去的,对吧?"

"我干吗非得回去?"我反问。

对方无言以对。她觉得自己一年中六个月待在西班牙、六个月待在法国没有什么不正常,却认为我命中注定会回国。她脑中究竟钻进了什么,导致她产生了这样的想法?因为我是个东欧作家,而她来自西欧。东欧作家若非逼不得已,绝不会旅居西方。美国作家旅居柏林、德国作家旅居爱尔兰、荷兰作家旅居葡萄牙——所有这些人的旅居生活都与他们的职业相洽。但一个罗马尼亚作家如果没有明确的政治理由而旅居巴黎,那他就是可疑的。

流亡者是一张幕布,我们将各自对流亡的幻想投射在这块幕布上,只要流亡者允许我们做这样的投射,我们就欢迎他。我们欢迎的是一个受难者,体制的受害者,为民主而战的斗士,热爱自由的人。这个人因为受不了国家的压迫,所以离开了。一旦这个人呈现出与刻板印象不同的状态,他便遭人唾弃,因为他违背了大家的期待。我们想表达同情与惋惜,而他,这个不懂得感恩的东西,竟敢去咬那只拿他当小猫小狗一样安抚的手。

流亡作家有时会觉得自己是一匹赛马。朋友们、周遭不满于自己生活的人们、心地善良的书迷们、别的流亡作家们……所有人都在往他身上下注。因为流亡是对自由、对摆脱周遭事物、摆脱家庭、摆脱乏味的日常生活的梦想。而流亡者则是充满创造与生机的独立生活确实存在的活生生的例子。但谁也不问流亡者如何争取到了这种自由,又付出了什么样的代价。因为别人在流亡者身上只想看见自己的期待。在这一点上,流亡者自己也一样。

流亡是学习适应环境的课堂

> 我们的主人公被腐化了,而这是不可避免的。
> ——约瑟夫·布罗茨基

流亡通常是一种自发行为。再忍无可忍的政治局面,普通人都会去忍受:大部分人都会选择留下来去适应环境。流亡者则都是一些不愿适应环境的人。

如果我们假设流亡是对环境适应失败的结果，那么流亡者就都是一群社交能力低下、行为能力缺失的人，那么流亡对流亡者来说就是一场令人哭笑不得的悲喜剧。因为流亡中的生活，恰恰是一种不断要去适应环境的生活。

由于受不了公众间的、政治上的、文化上的以及日常生活中的谎言，我选择离开我的祖国，我在国外遇见自己的同胞，他们中有许多人撒起谎来同他们在本国时一样并无二致。南斯拉夫的流亡者（除难民以外）常为了一些行政细节而撒谎：具体说来就是谎称自己的护照已被剥夺。而待在本国的那些人，也同样没有一句真话，因为他们大可以手持护照穿越国境，却假装走不开。冷战时期的东欧流亡者，因为有家不能回，而自带了悲剧光环；可以随时回国的南斯拉夫流亡者身上，这种光环被剥夺了。

流亡作家在自我辩解的时候就有了额外的麻烦。他们总是被要求对自己的流亡状态做出解释。而如果是一个从波斯尼亚来的穆斯林妇女，精疲力竭地拖着五个嗷嗷待哺的孩子，则没有人会去问她任何问题，因为她的情况已经一目了然了。

一段时间后，流亡作家开始粉饰自己（根据各自当时所处的境况）；他们以圣人传的口吻书写自己的流亡生活，因为这是大家喜闻乐见的，而且被这样看待，他们也并不介意。许多流亡者逐渐适应了人们对自己的刻板印象。不少人也接受了自己所要扮演的社会类型。

南斯拉夫的流亡知识分子不算多，其中有乐于强调自己反对塞尔维亚或克罗地亚民族主义的，虽然事实上他们出国恰恰是因为不愿反抗。有说自己流亡是为了摆脱独裁者的，虽然他们或许只是为了摆脱各自的妻子。有说自己是因为反感民族主义而离开的，虽然被称为各自民族文学的代表时，他们也欣然接受。他们都学到了一个道理：反对民族主义的表演只能是暂时的，一个人很难保持毫无民族性的状态。即使是西欧人也无法完全戒除民族自豪感：骄傲的西欧多元文化主义希望给每个民族都贴上各自的文化标签，以便它能慷慨赐予它们实现自我的自由。

总之，由于对国家与社会缺乏信赖（因为生活教给了他们这样去做），许多流亡者采取了在两个国家间做墙头草的生存状态。因为你永远不知道自己什么时候会需要哪一个国家。于是，自诩因逃避谎言而进行的流亡，本身也变成了一个谎言。久而久之，流亡中的人适应了人们期待中的角色。这不禁让我们想起了那些，深谙观众需求的专业娱乐演员。

流亡作家与他的"祖国"

> 无论如何,不要诉苦。他们会笑。诉苦后羞辱依旧,与诉苦前没有分别;何苦劳神去改变小人?
> ——维克多·雨果

很少有人在抛弃祖国时,心里明确地怀着要永远抛弃它的想法。但无论流亡者是否永远抛弃祖国,被抛弃的一切(而这一切是实在的,并非抽象的祖国二字),都将永远处在创伤中。

被抛弃者很少能原谅抛弃他们的流亡作家。虽然在他离开前,他们焚烧代表他的假人、往他脸上吐口水、当众打击他、让他无法过正常生活、威胁恐吓、半夜打电话叫他滚、在报纸上公布他的电话,让其他人也都参与进来(而其他人也的确都怀着饱满的热情参与了进来),虽然他们将他从公众生活中抹去、把他加入黑名单、不让他出书,虽然他们公开羞辱他、取消他的评级与职称、把他的书扔出公共图书馆、把他的文章从学校教材中剔除,虽然他们公开称他背叛祖国,是国家的敌人,虽然采取这一切行动的都是他共事了二十几年的朋友与同事(我身上就发生过这样的事)——被抛弃者依然不能容忍自己被抛弃。流亡者的离开,恰恰证明了他们的正确性。

留下的人时刻关注着离去的人,就像加害者时刻关注着受害者。留下的人顽固地认为,流亡作家不仅背叛了祖国,而且通过让外界消费他背叛的祖国而过上了舒适的生活。最叫人无法容忍的是,他竟然还变相地消费着他们。

"你说消费你们是什么意思?"流亡作家在臆想中对祖国的人民发问。

"你在向外界卖国啊!"

"即使我想卖,也卖不出去的。我们的祖国太小了,太无足轻重了。卖它就像卖阿尔巴尼亚口香糖一样难!"

"这怎么可能?"

"因为谁也不想买啊!"

"中央情报局就会买!"祖国的人民不为所动,对自己国家在地缘政治上的重要性与美国中央情报局的消费能力深信不疑。

一个流亡者对祖国最大的侮辱,就是让它知道它没有任何商业价值。而流亡作家不仅没有因为离去而死,且还过着有收入的温饱生活,则更令祖国同胞愤懑以极。

久而久之,流亡者与被抛弃者之间那条双方曾相信会消失的鸿沟,越裂越宽。祖国的环境加强了被抛弃者对流亡者生活与自己的受害者形象所抱有的错误认识。因为他们活在他们一直生活的地方,谁也没有想过要离开(记住,好人不远游!),因为他们才是一天二十四小时在民主战场上燃烧自己的人，不像某些人，拿着发表了自己一篇小文章的外国报纸到处显摆。他们工作勤奋却入不敷出，而某些人却靠书写他们所受的苦在别处养家肥己。

流亡作家——刚想以受害者的角色放松下来，刚想在自己仅剩的一个朋友肩上哭一哭，毫无保留地用母语倾吐心中的苦闷，说说自己为了活着曾做出了怎样的挣扎，希望至少在国外，自己能自由地细数曾遭到的无数次侮辱——此时别无选择，只好收拾起自己的东西，重新回到他来的地方，回到流亡中去。

因民族主义而离乡的流亡者，最好牢牢记住一点：民族主义与流亡是分不开的，而这恰恰是因为二者不共戴天。流亡者应该记住，自己一旦选择离开，就意味着将个人放在了集体之上，意味着相比华而不实的家国传承，自己更愿意过一种本质上没有连续性的生活（萨义德），这也就意味着，相比根与摇篮，自己更爱无根的自由。流亡者所逃离的恰恰是他们的开国元勋，他们假想中基于宗教石碑的文字，他们言必称颂的归属，他们在历史与地理上的里程碑，他们官方认可的敌人与英雄（萨义德），这也就等于说，流亡者出于自由意志，抛弃了那个随时准备向任何反对自己的人扔石头的、顽固的、排外的、自我麻醉的、气势汹汹的、故步自封的民族。

困于悲喜剧的作家

> 如果要给流亡作家做一个风格上的分类,那么他们写的一定是悲喜剧。
>
> ——约瑟夫·布罗茨基

将自己从祖国的禁锢中解放出来的流亡作家很快意识到,自己又落入了另一个悲喜剧的圈套。原来,在自己抛弃的国家之外,自己唯一的身份就是从那个国家来的人。

虽然克罗地亚并不拿我当作家看,但任何一个别的地方都无一例外地将我归为克罗地亚作家。如今的我要比一直待在克罗地亚要克罗地亚得多,虽然这并非我所愿。换言之,我成了我本质上不是的那个人。

为什么克罗地亚以外的世界要将我归为克罗地亚作家?因为它不知道还能怎么办。任何作家都隶属某某人、都来自某某国、都用某某语写作,我们为什么要因为一个统计学上毫无意义的特例,去定制某种新的身份描述呢?

每个作家身后都有一个国家。在文学聚会的邀请函上,与会者的排列方式与奥运会竞赛者类似:名字后必然有标注国籍的括号。括号内写着跨国界的情况我只见过一次,并立即对那位作家产生嫉妒。参加文学聚会对我来说很像参加欧洲歌唱大赛,我害怕在自己朗读或发言完毕后,会突然听到一声锣响,接着一个声音会宣布:克罗地亚,五分!我梦想有一天能够撕掉这张人们不厌其烦地粘回我身上的贴纸,单纯地以我的名字存于世间。因为,仅以名字存世是一个文人所能获得的最高级别的认可。

流亡的好处

> 孤独、拮据、贫乏、无名,四海为家,永远做一个外来者,独自大踏步地走进世界,征服世界。
>
> ——伊莎贝尔·埃伯哈特

流亡是对人生价值自愿的解构与重建。无论是否喜欢,流亡者都不得不对围绕每个人人生的基本概念进行重新检测:什么是家、什么是祖国、什么是家庭、什么是爱、什么是友谊、什么是职业、什么是生平。流亡者与自己所落脚的国家的官僚制度做了艰苦卓绝的斗争,终于拿到了身份文件,为继续眼前必须继续下去的生活,只好将自己一路走来所获得的宝贵知识都抛在了脑后。

家庭主妇奈尔米娜,一生都在萨拉热窝生活。她养大了两个女儿,失去了自己的丈夫,接着又迎来了波黑战争。一个女儿避战去了伦敦,另一个带着女儿去了美国。两个女儿都过得很好。汉娜在伦敦申请就读研究生,最后拿到了博士学位;西娜达因得到波斯尼亚难民计划的援助,拿到了绿卡,将女儿送进一所大学,并在洛杉矶机场找到一份工作。但奈尔米娜拒绝离开萨拉热窝。"谁也赶不走我,我既在这里生,就要在这里活,死也要死在这里。"等到《波黑和平协议》①终止了轰炸,奈尔米娜却又答应了去洛杉矶与女儿团聚。她说和平比战争更难熬。

六十六个春秋后,奈尔米娜第一次跨过了南斯拉夫的边境,离开了她出生的地方,手持波斯尼亚护照,降落在美国的土地上。一落地,女儿就对她倾诉:美国的生活充满了排挤(排挤是她的原话),她想回萨拉热窝。

奈尔米娜留了下来。某政府组织帮她找了一处公寓,给了她一份社会救济。帮她报名参加外国人英语学习班。班上有墨西哥人、韩国人,还有波斯尼亚人。在各种各样的人中间,奈尔米娜开始了新生活。她成绩优秀,获得了一张小小的证书。她把证书裱在相框里。她没有止步不前,相反,她继续学了下去。学校里每个人都喜欢她。每次上学,她都捎去家里新做的波斯尼亚馅饼,给墨西哥人、韩国人和波斯尼亚人吃。有时她给在伦敦的女儿打电话,不无自豪地用英语说:"我是你妈妈奈尔米娜,你好吗?"

---

① 1995年,南斯拉夫联盟、克罗地亚和波黑三国领导人签署了《波黑和平协议》,结束了波黑战争。

给我讲这个故事的汉娜焦虑之极,跑去美国看望母亲,劝她回萨拉热窝。奈尔米娜拒绝了。

"但你来这么远的地方干什么?你在这里没有家呀!"

"我不能回去,"奈尔米娜说,"我还要上学。而且,那些墨西哥人、韩国人和波斯尼亚人,他们没有我、没有我做的馅饼该怎么办……"

回到将她在萨拉热窝的家等比缩小后的美国家中,奈尔米娜继续说:"你知道吗,汉娜,来这里以后我才意识到,自己在萨拉热窝花了一辈子,只是在张罗拾掇那个家。在这里我一样什么也不缺:里克给了我一台二手电视,基姆给了我一台电冰箱,西弗多帮我搬过来一张沙发……"

在很短的时间里(因为她已没有时间耽搁),奈尔米娜成就了某种个人自由,并与自己的人生达成了和解。

每当我的同胞抱怨自己时运不济时,我就给他们讲这个故事(他们每时每刻都在抱怨,人就是这样,你也没有办法)。每当自怨自艾时,我也拿这个故事来提醒自己。

流亡的物理学与形而上学

> 许多人不知道,其实流亡是一种形而上的状态。
>
> ——约瑟夫·布罗茨基

一次我去圣安东尼奥做短途旅行,参观了著名的阿拉莫博物馆。逛博物馆礼品店时,我看见一本儿童读物,书名我很喜欢。这本书写的是阿拉莫的救星,书名叫作《她的衣服与她一生的故事》。

我自己也可以通过物品(咖啡壶、保洁用品、开罐器、120瓦与220瓦变电电吹风、CD播放机、插电脑的插头和插座,以及拖鞋)来描述我的半游牧半流亡生活,这些物品我一再购买,因为我是个丢三落四的人。我还可以通过我的箱子来讲述我的故事,我拖着它们,它们拖着它们沉重的身体,一直到我用新的箱子换掉旧的箱子。我可以通过家里的名片来讲述我的流亡生活,名片上的许多名字,如今已无法唤起对真人的记忆,因为我已经忘了他们是谁。我还可以通过护照上数不胜数的签证与盖章来讲述我的流亡生活,通过账单与成堆说明我的所在之地、所购之物、所签之字的文件来讲述我的流亡生活,虽然我越来越想不起这些证明文件所证明的东西是什么。

总之,如果这堆东西突然奇迹般地一齐出现在我面前,也许我会被自己生活的噩梦吓醒。对新家的营造与分解、对行李的打包与拆封,这场俨然电子游戏而非真实生活的仪式,不断重复,叫人疲劳,而这就是流亡者与他生平之间的特殊关系。流亡者过着最低限度的、一目了然的物质生活,由此发展出对时间、空间异于常人的感知。

有一回我在柏林,出地铁时看到一个波斯尼亚老妇人,穿着哐啷哐啷的裤子,站在十字路口,迷惘地环顾四周,喃喃自语:"哦,天哪,我在哪里?"流亡者自问这个问题的机会最多。这是他的特权,也是他深层恐惧的来源。

作为命运的流亡

> 对流亡作家来说,流亡的路在很多方面都是一条回家的路——因为它通往鼓舞他一路前行的理想。
> ——约瑟夫·布罗茨基

且不说别的,至少在回顾生平方面,流亡作家有很充裕的时间。流亡者在自己的经历中挖掘,试图寻找造成现状的理由。他思索是先有鸡还是先有蛋:他的流亡难道不是远在他离开以前就开始了吗?这个叫作流亡的现状,难道不正是对他久已有之的梦想的实现?

流亡就像童话故事《隐形帽》[①]。曾蛊惑了孩子的幻想,有一天变成了流亡的现实。流亡就是自愿除名,自愿边缘

[①] Shapka-nevidimka,男主人公是个小男孩,因为懒惰不愿参加少先队夏令营活动,被班上其他同学嘲笑,他意外发现一顶用报纸折的帽子,戴上后可以隐身,于是他戴着帽子到处吓唬嘲笑过他的同学,并发出谁也不知道是从哪儿发出的笑声。

化，成为偷窥者，成为隐形人。

我小时候看了这个故事很激动，大了以后看到安东尼奥尼的《旅客》，感到了同样的激动。这个电影表现了相似的主题，但面向的是成人观众。主人公从酒店偷偷拿走一个死人的护照放进自己兜里，从此拥有了新身份，也卷入了死人原本的命运。安东尼奥尼片中的这位英雄，就像存在主义者的英雄、那些流亡者一样，再也无法回到正轨，再也无法摘下帽子，让一切复好如初。

就在这无法回头的一刻，流亡者与他的命运建立起了亲密无间的关系。

最终，作家在自己身上遇见了流亡

> 狐狸是狡诈和背叛的图腾。如果一个人的身体被狐狸的灵魂占据，那这个人的整个部落都会受到诅咒。狐狸是作家的图腾。
>
> ——鲍里斯·皮利尼亚克

有些作家在离去时将退路一一烧毁，从此成为荒人。流亡者舍不得自己好不容易获得的自由，他的感官变得更敏锐，时刻警觉着周遭的陷阱。他怒气冲冲地撕掉身上所有的标签，拒绝被归为任何一类，仅仅因为他持有某国的护照,就被看作某个国家的代表、某个家族的成员,这是把他看低了。一言以蔽之,他成了一个难以相与的人,一个讨人厌的家伙。他拒绝被驯化。久而久之,他身上出现动物的直觉,他变成一个法外之徒,他不断更换居所,你很难捉住他。即使安顿下来,他也永远疏远、孤僻,他准备了一个箱子,随时提上就能走。共识无法约束他,任何束缚都让他浑身不自在,他惯于过常规之外的生活。久而久之,他与自己孤僻的形象融为一体。他成了一个敌人,一个叛徒;以前别人迫使他屈居地下,现在他主动搬了回去;他真的开始与政权对立,因为他曾经被这样污蔑;他真的成了一个离经叛道的人,因为别人以前都这么说他。

有一天,作家终于在自己身上看到了一个真正的流亡者,二人达成和解。这个叫作流亡的状态变成了他最真实最舒适的状态。几经兜转后的作家,俨然又回到了家。

俄国先锋文化最早提出了艺术家应是叛徒、文艺作品理应离经叛道的观点。它手法丰富,技巧繁多,在如何反抗既有艺术原则与文学传统方面有着十分详细的理论说明。艺术的自主权神圣不可侵犯,为了捍卫这种权利,应该无所不用其极。俄国先锋文学的指导方针是陌生化,即otstrannenie,怪异化,违背读者的期待。在这个意义上,作家本应是叛徒,而只有在形而上层面离经叛道的艺术品,才是真正的艺术品。

双重流亡

> 祖国？何必提祖国，每个杰出的人恰恰因为他的杰出就要遭到祖国的排挤。读者？何必提读者，作家又不为读者而写作，相反，他们总在针锋相对。荣誉、成就、认可、名声：何必谈这些，这些人之所以出名，恰恰因为比起成就来，他们更看重自己。
>
> ——维尔托德·贡布罗维奇

艺术上习惯了背叛的流亡作家，进入当代文学市场后，会发觉自己面临着双重流亡的窘境。因为文学市场最不能理解的作家恰恰就是文学艺术上的流亡者。不然，市场就不成其为市场，出版业也不会被归为一种产业。文学市场要求人们适应常规的生产要求。依照规则，它不容许忤逆的艺术家，不允许搞试验，不允许颠覆既有艺术规范，不允许文学文本上的行为艺术。它嘉奖那些艺术上按部就班、随遇而安、勤奋刻苦、尊重文学常规的人。文学市场不容许人们用过时的观念审视艺术品，即主张它应该出自特立独行、不可复制的极私人的艺术行为。在文学产业中，作者只是顺从的工人，只是产业链的一环。

我们的流亡作家突然意识到，自己流亡时带的浑身技艺实则早已失传，今人已不再需要。他的悲喜剧气氛更浓了一层。他离开原来的压抑环境,为的是保全自己写作的自由,现在却落入了另一个相似的环境,被图书市场的规则所禁锢。最终,作家不得不面临一个终极悖论:好作家无论身在何处都会遭驱赶,只有低级作家才左右逢源。

流亡作家注定要被边缘化,即使得了诺贝尔奖(比如布罗茨基),即使误打误撞进入了主流文化(比如纳博科夫),即使机遇令他声名鹊起。有的作家(比如索尔仁尼琴)因为无法忍受被边缘化,最终回到了自己文学的故乡。因为只有伤害了他的地方才知道怎样治愈他,只有这个地方才知道怎样重建作家破碎的自尊,怎样像歌颂国旗一样颂扬作家的名字,让他感到重要,只有这个地方会在教材里加入他的文章,按他应有的规模给他下葬,为他塑像,以他的名字命名一条街。

流亡作家发现,那既叫人沉醉又叫人害怕的自由的弹簧夹,已经死死咬住了自己。自由带来疏离与孤独。选择流亡的他,实际上选择了孤独。

生活是一场梦

> 上帝难道不曾有些残忍地提醒过我们,流亡是人类的一种常态吗?
>
> ——莱谢克·科拉科夫斯基

每周六我都要给萨格勒布的母亲打电话。这是我们的一个小习惯。不知为什么,她总想知道我打电话的地方几点了。我们比较两地天气,闲聊生活。母亲,一个常年久居萨格勒布的妇女,近来有一次叹道:"你知道吗,我的生活好像不是我自己的。我也不知道自己在过谁的生活,但肯定不是我自己的。"

我一时语塞,不知说什么好。母亲说出了流亡者的心声。

重归故土

> 这个世纪充满错位的人、流亡的人,充满为避饥荒或折磨而背井离乡的人,见证了这样一个世纪的你,有幸分享、参与一个如此具有历史意义的人类经验,这是多么重要、多么鲜活的……乐观勇敢一些吧。幸运女神已经对你露出了微笑!
>
> ——布莱滕·布莱滕巴赫

上学时,我特别喜欢第一本识字课本。因为它有很多彩图。我很快就学会了上面的字母,但那些彩图却怎么也看不够,它们是我对强烈、清晰的色彩世界的第一次接触。我的社会主义初级读本刻画着南斯拉夫各国各民族兄弟姐妹大团结的主题。图画上，许多小小的人穿着各色各样的服装：有些人戴菲斯帽①、有些人戴小瓜帽②、有些人戴大礼帽③，有些人穿粗布鞋，有些人穿靴子。这些穿成这样的人我在现实里一直没碰到过，直到有一回，我去参加民族节庆活动。我想这就是为什么，我小时候一直觉得人和人是一样的，只是穿戴不同。后来我在南斯拉夫各地旅行时，从没有哪里人给过我初级读本上各国各民族紧密交织的感觉，但是，虽然一直没有亲眼见过戴菲斯帽的人，我还是接受了初级读本教给我的道理，并努力让自己去尊重一顶菲斯帽与一顶小瓜帽之间的区别。

我的社会主义初级读本还说，地球上所有人，无论黄种人、白种人还是黑种人，都是兄弟姐妹。小小的图画上，小朋友被涂成黄色、黑色与白色，激发着我儿童的想象。但在生活中，我一直没能找到黑色与黄色皮肤的小朋友，至少在南斯拉夫没有。

南斯拉夫官方口中那个包容各国民族与多元文化的社会开始变得虚无缥缈，尤其是很久以后，当小瓜帽、菲斯帽和大礼帽开始坚持三者不共戴天，打了起来时。那时，我还是南斯拉夫多元文化主义的捍卫者。然而，这个理念

---

① 即土耳其毡帽，佩戴者通常为穆斯林教徒。
② 佩戴者通常为天主教徒。
③ 佩戴者通常为犹太教徒。

不仅很快被战争踩在脚下，而且在难民营中，在毫无外力作用的情况下，自己就分崩离析了：在那里，南斯拉夫难民经常因肤色不同就不愿为邻，虽然双方同样落魄。

于是，流亡成了一次回归乌托邦、回归老课本上图画的旅程。今天我的周遭真的有了黑种人、白种人与黄种人，无论在纽约、柏林、伦敦、巴黎还是阿姆斯特丹。我总能瞬间辨认出自己人，我认得我的同胞。我对他们点头微笑。他们对一份更美好的生活所抱有的信念不容许我愤世嫉俗，他们求生的努力让我自叹不如，他们游离于边缘的样子抑制了我相认的愿望（布罗茨基）。有时候，我像我的母亲一样，不知道自己在过谁的生活，但我总是很快忘了这个疑惑……因为它说到底肯定还是我的，我所经历的人生肯定还要算在我头上。

家里到底不一样

> 在奥德赛漂泊的二十年里，伊萨卡的人虽然记得他许多事，但对他从来没有思念之情。奥德赛呢，虽然不记得什么事，却备受思乡的煎熬。
>
> ——米兰·昆德拉

强风将她从堪萨斯吹走的那天，并不是桃乐丝流亡的开始；流亡的开始在故事的最后，当她回到家中，兴奋过度，向围在床边的大人讲述自己在奥兹国的历险时。大人们点头、微笑，并不信以为真。当她最终意识到自己的故事难以说清——当她终于放弃了的时候——她说出了那句家喻户晓的经典台词："家里到底不一样。"一个人仔细听就能听出，这句与家人和解的话中，带着颇多失望：桃乐丝接受了成人世界的现实，并不因为她相信这种现实，而只是因为她是个懂礼貌的孩子。至少电影里是这样演的。在莱曼·弗兰克·鲍姆的原著小说里，原话要更平淡一些："真高兴又回家了！"

另一个我比较钟情的流亡故事，是人类有故事以来的第一个流亡故事。我能栩栩如生地想象莉莉斯——这条毒蛇、这个历史上第一个掌握了知识的女人——把生命树上的苹果递给夏娃，在她耳边轻轻说出那句简明扼要的口号："好女孩进天堂，坏女孩走四方。"

于是，当克罗地亚总统在二十世纪九十年代初欢天喜地地宣布克罗地亚是人间天堂时，我立即知道了自己该怎么做。我拿起一个苹果，乘最近一班火车离开。再想起亚当已经是很后来的事了。也许他现在仍留在克罗地亚。

1999 年

战争是战争，知识分子只是知识分子

战争属于娱乐业！

——《摇尾狗》[①]

一

快乐的父母生了一个小男孩。一开始，一切都好，但过了一段时间他们发觉，男孩一直不开口说话。父母不快乐了，可怜的父母想尽一切办法，最终不得不接受现实。

一直到男孩五岁时，有一回，一家人一起吃饭，他突然开口了。

"把盐递给我一下。"他说。

他的父母喜极而泣："原来你会说话！可你以前为什么一个字也不说！？"

[①] *Wag the Dog*，1997 年黑色喜剧电影。电影标题取自英谚"尾巴摇狗"(the tail wagging the dog)，意思是事情的主体受制于事情的局部。

"因为那时我还没有缺过什么东西。"

最近我看到许多知识分子都在媒体上讨论北约是否该轰炸南联盟，于是想起了这个笑话。我不知是该参与，还是像那个小男孩一样保持沉默。最后我决定两种做法都试一试，在实践中印证它们的优劣。

在过去十年南斯拉夫的瓦解与接踵而来的战争中，我对人性有了一点新认识。我对我这种人，也就是作家，也有了一点新认识。我不是说自己就更看好不是作家的人，但一个人在批判的时候，总应该先从自己门户开始。

仅以我们克罗地亚、塞尔维亚、波斯尼亚、斯洛文尼亚等地为例，那里的知识分子，我就不十分满意。或者应该说比较讨厌。

我最讨厌的是那些声音最响的人，那些擂战鼓的人，那些把自己写作的技艺卖给政府、政客与军阀做附庸的人，好像他们不是作家，而是小厮。他们假装捍卫民族之本，捍卫群体文化之身份认同。他们认为脱离民族之本的艺术是后现代派垃圾。他们的书通常都冠以这样的书名：《民族魂》，或者《祖国母亲》。他们从他们效力的新政权那里得到更大的房子，在媒体行业得到升迁，去外国从事外事服务。许多人选择的都是极具异域风情的好地方。

还有一种冲锋陷阵型作家，我也没多大好感，这批人真的想献身，恨不能立即弃笔从戎。他们通常是一些诗人,也许因为诗歌最符合前线轻装上阵的机动要求。从前线下来后,他们被安排在了某个模棱两可的军事机构,虽然他们真正想做的是文化部部长。他们在各自后来岗位上创作的学术作品与他们过去隽永深邃的诗作不同,如《1991—1993年家园保卫战中作家在保卫国家意识形态方面的作用》。大家在标题中确定的年份都不同,因为每一方对家园保卫战开始与结束的时间都有不同的理解。

沉默不语的人,那些既非鱼亦非鸡①的四不像,也并不可爱。你永远不知道他们在想些什么,但是到头来他们又总是对的。他们通常将自己伪装成所谓纯粹艺术的捍卫者,对所有带政治色彩的东西表现出浮夸的反感。由于他们对纯粹艺术的忠贞不渝,他们的作品集通常都很薄,并冠以极简主义的书名:《木刺》《拾遗》《小点》。这些人从新政权手中获得的最少,而且永远也搞不懂为什么。

接着还有一类人,他们是异见人士,是作家里最有活力的一批,不过这类人我也不太喜欢。其中又分几类。第一类是冲动型个人主义分子,他们最早开口,下场也最惨。他们失去了一切,大多落得流亡。与此同时,没人记得那个冲动的个人主义分子说过些什么,他们的流亡被看

---

① 原文为 neither fish nor fowl,起源于十九世纪的谚语,用来表明一样东西很难被分类。

作是一场悠长的出国旅行。渐渐地，他们开始反人类。他们是天生的失败者。谁也不喜欢他们，虽然他们的观点自始至终都是正确的。

第二类对政治风向更为敏感，是精明型个人主义分子，他们总是找准时机才开口，下场要好一点。他们在个人风险最小的时候跳出来发表异见。这些人不仅保全了自己的一切——他们的财产，他们的故乡，他们在故乡受尊敬的地位——而且给外部世界造成了乐观积极的民主斗士的形象。大家都喜欢他们，因为大家都喜欢又乐观又积极又有权势的人，而在未来掌权的，一定都是这些精明的人。

当时机彻底成熟，当空气里有了一丝政局改变的气息，更多的人开始倒戈：被感化的罪犯、变节了的民族主义者与共产党员、法西斯主义者与反法西斯主义者、政治过客与政治游客，还有那些从鱼变成鸡又从鸡变成鱼的人。有些人为接近外国媒体而开始了暂时的流亡，以便在需要发表声明或评论时事时，可以用到这个身份，因为他们意识到，战争还没有结束，现在正是为自己谋利的最后时机。这些人冬天去流亡，夏天则返回自己位于亚得里亚海岸的别墅度假。

诚然，我们本地知识分子圈的确不尽如人意，但这并不意味着外国知识分子就更好。他们是捍卫者，是发言人，他们戴着国家奖章，他们是我们最好的外国朋友：从克罗地亚人民的知识分子巨星法国哲学家阿兰·芬基尔克劳，到他迅速倒向波斯尼亚一方的哲学同人伯纳德·亨利·莱维，再到疯狂捍卫塞尔维亚人的彼得·汉德克，在过去十年里，战争每一方都得到了著名知识分子的援助。

我不能说这些外国知识分子的政治坚持只是一种对自身不构成任何威胁的政治姿态，也不能说他们只是在计算得失后找到了这种无害的方式来投资自己的时间、积累自己的名声。这样说有失公允。我也不能责怪他们干涉别人的事务，因为每一个有独立思维的个体都有干涉他人的权利，而知识分子当然也是这样的个体。说他们参政议政的隐藏动机是因为对帝国的怀念或对《巴尔干特快》式的惊险刺激有所憧憬，也不甚公平。我不能说他们殖民者式高高在上的姿态导致他们不可能真正了解我们的状况，因为这样的指摘透露出了被殖民者的一种自我安慰式的骄傲。实际上我说什么都是错的。也许这些知识分子站出来发言只是因为有人请他们发言。媒体发出的呼唤是很难拒绝的。知识分子也是人，而人都喜欢被需要的感觉。

总之，南斯拉夫的那场战争，牵动着欧洲知识分子的心，刺激着他们的精神、道德与情感的脉搏。死寂已久的人又活过来了，他们从冬眠中醒来，一夜之间又重新担当起了他们的传统角色,这角色曾给予他们许多道德牺牲的苦涩与道德满足的甜蜜。

知识分子给一点甜头就上的原因,或许并不仅仅是被排挤在游戏之外的寂寥(在这个游戏里,知识分子不再受到研究院的保护,不再受惠于老牌学院,不再高居美学阶级的顶层;在这个游戏里,他们唯一能做的就是想办法在市场中生存下去),还因为他们的确有献身正义的需求。而给他们的那一点甜头仅仅是在媒体上的一次短暂登场:电视、报刊、电台,以及偶尔的在线研讨与直播论坛。

知识分子毕竟不是政事分析家,他们没有受过那方面的训练,但是话又说回来,受过专业训练的政事分析家其实也不多。知识分子也不是军事或国事战略家,虽然他们有时也想干一干这些人干的事,但是话又说回来,军事战略家常有过去是开店卖比萨的(比如克罗地亚前国防部部长),而成为国事战略家的人,至少在南斯拉夫,有过去当警察的、犯过罪的、开银行、冒充历史学家的,总之什么人都有。媒体想让知识分子做的,无非是扮演他们自古以来就稔熟的角色:长者、道德标杆、传教士、人文主义者——唯其如此,媒体才去找知识分子。

在这些知识分子里,有的人曾在私下里做过道德败坏的事,但因为参与了这场媒体盛事而重新得到了道德光环。有的人真心实意觉得自己的话能改变世界、拯救苍生、让天平向正义的一方倾斜。有的人以自己的方式从整件事中谋得了利益：由于自己的名字反复在媒体上出现，他们借此能多卖出一本书、多取得一次会议邀约、多接受一次专访。

这些人中有的爱媒体，有的是媒体的宠儿，还有的对自己的评语比对自己评论的事更感兴趣。我认识一个作家，对自己出过镜的节目如数家珍："十年前我就说过整件事会在科索沃结束！"这位谈论战争的作家说到这里，脸上洋溢着喜悦的表情。

另一方面，这些人中也有认为政治在今天已经属于每一个人的愤世嫉俗者，因为如果演员、罪犯、作家、匪徒、蠢货与杀人犯都能做总统，那么政治本身就不再是什么严肃正经的东西；有私下里酷爱激烈情绪与流血事件的瘾君子，而战争在流血方面自然是无出其右的；有身处战区的政治、学术权威，他们是最凶悍的一种类型，因为他们虽然都憎恶这片正在打仗的土地——虽然这场战争他们自己也有责任，但又都紧紧抓住这片土地不放；最后，还有一类知识分子，他们勇敢的分析与无情的批判、他们睿智而清白的立场，让我们对公共社会舞台上知识分子的不可或缺性，还残存了最后的一点信念。

无论怎么说，无论是左派还是右派、国内还是国外，不管出于什么理由，不管得到什么后果，广大知识分子都已经参与过了这一真实事件。但战争不仅仅是一场真实事件，战争是一场承载着超出自身承载能力的多重现实的事件。尽管如此，一个细小的化学反应已经在现实中发生，反应后的现实已不再是反应前的现实。现实已经遭到了媒体的辐射，而正像所有辐射事件一样，当伤害可见时，往往为时已晚。

二

1999年4月末，北约正在轰炸南联盟时，美国科罗拉多州利特尔顿市两名高中生开枪射杀了自己的十五名同学。事后许多人去学校献了花，对市民的这一反应，一位现场青少年热泪盈眶地说："我本来还无法相信。现场比MTV电视台里播的要好。"

巴尔干有句俗谚，可以代表巴尔干式的恶意："我希望邻居家的奶牛去死。"如今这句话应该说成："我希望邻居家上CNN！"

使现实变味的不仅是媒体，还有现实的直接受害者。曾几何时，塞尔维亚人专门用来迫害波斯尼亚穆斯林的马尼亚扎集中营里流出一张俘虏照，这张照片占据了世界各大报纸的头条。一个骨瘦如柴的高个子男人,站在带刺的铁丝网之后。几年后,一位记者在丹麦某难民营中找到了这个男人,并采访了他。当时他已经长了六十磅,早已与照片判若两人。他直截了当地说,自己被利用了、被欺骗了。他的照片被全世界使用,但他半点好处也没拿到。其他人因为卖他的照片都赚了钱。那帧照片不过是现实的替代品,却变成了这个男人为世人所知的唯一形象,而他也已经不再符合这一形象了。

利特尔顿市为遇害的孩子们举办的葬礼,只是生活变成电影,或者说电影就是生活本身的一个例子。电视台所需的死去的十六岁少年们的生活影像资料早已准备就绪,因为他们的父母从他们出生起就一直在拍他们。以瑞秋·乔伊·斯考特(Rachel Joy Scott)的葬礼为例,它有录影带作为开场(《纪念瑞秋的一生》),有背景音乐作为伴奏(《为什么会发生这样的事情?》),有照片,有一帧帧播放的科罗拉多风景明信片,有同学们真挚的眼泪,他们哭着望向天空(我爱你,瑞秋!)并在摄像机前发表了文笔极佳的悼词(我不知道该怎么面对,但她将永远伴随着我,令我坚强)证明了自己的确是从小习惯出镜的人,早已知道什么是镜头前的表演,早已活在了镜头中的电影里。整件事无须导演参与:没有人抢着发言,每个人说的话都恰如其分,所有人都在该哭的时候泣不成声。

一起事件——任何事只要经过媒体全面曝光就会升级为事件——就像一只会下金蛋的鹅,它以机器爆米花的速度下着金蛋。戴安娜王妃之死、克林顿与莱温斯基绯闻案、北约轰炸南联盟、利特尔顿市枪击案,这些都是事件。事件产业的生产力极强,生产速度极快,导致普通看客很难明辨真伪。他们只能参与。参与的看客越多,事件就越有普遍意义与语义的能产性①,其热度也就保持得越久。没有了消费者,事件便不成其为事件。

真实事件因媒体播报而变味,会带上虚构色彩(多么落伍的一个词!),不是被去真实(减少真实成分),就是超真实(变得比真实本身更真实),因为若非如此,就没有人愿意消费它。事件报道越来越向电影、电视剧、动画片、通俗文学、名流产业这类流行文化文本靠拢。有时,一起真实事件会被炒作成一个符合大众文化的文本。这样的文本必须是高产的,它必须要激发或创造意义,必须有各种元素的冲突,必须能抓住并牵动消费者的情感,对消费者基本的价值观既要有质疑也要予以肯定。从这个意义上来说,并非每个事件都能成为大众文化文本,正如并非每种文本都适合于大众阅读一样。

---

① 语言学上,一个词如果能衍生出许多新词,那么它的能产性就高。

一个真实事件能够成为大众文化文本（比如克林顿弹劾案），必须能给大众带来快感。产生快感的原因不同：最典型的是看到邪不压正，但也可能因为看到邪恶本身。快感可能来自看到权威被揭发（比如莫妮卡·莱温斯基与普拉·琼斯揭发克林顿），也可能是因为看到权威被捍卫。这个事件必须允许每一类受众（妇女、黑人、共和党、民主党、传统的、贫穷的、各种各样的）都将自己本类特有的价值观带入进去。能参与到一起事件中而无须付出代价，本身就会带来快感，就像在《杰瑞·斯普林格脱口秀》里一样，节目的观看者同时也是参与者，是现场观众，同时也是演员，是旁观者，同时也被电视机前的人观看。

大众文化是一宗生意。不必去计算人们——无论是礼品小贩还是出版人，无论是莫妮卡·莱温斯基，还是报道克林顿案的记者与主持人——从一起事件中赚到了多少钱，不必去计较这些钱是否赚得符合伦理道德。因为谁都知道，演艺圈不可以常理视之。

南斯拉夫最后的悲剧性解体，有成为大众文化文本的潜质。最终正义与邪恶的分野是很清楚的：塞尔维亚邪恶，阿尔巴尼亚正义；米洛舍维奇邪恶，悬赏五百万美元捉他到海牙国际法庭归案的比尔·克林顿正义。科索沃战争促使消费者两极分化,一方支持轰炸,一方反对轰炸(流行文化文本绝不能出现模棱两可的情况)。消费者从中获得的快感有很多种:比如因学到了新知识(科索沃、阿尔巴尼亚、塞尔维亚这些新名词)并参与了国际大事而兴奋,比如因同情被恐怖主义迫害的人群而产生道德优越感,比如因保护了这群人而感到自豪,比如因看到骇人场面而获得战栗与刺激(强奸、死人头、死尸、年轻女孩的头皮),比如因直击高科技作战而产生的痛快(炸弹以激光枪的精度定位大楼并将其炸成灰烬),比如因降服了旧世界(塞尔维亚人、犯罪分子、共产党、独裁者、陈旧的过去)开拓了新世界(民主、新秩序、技术、未来)而带来的满足。比尔·克林顿自己也在电影评论、出版提案、书籍推荐中这样描述这场战争:"所有大战所需的要素它都有。旧恨新仇、民主式微以及盘踞在这一切的中心的塞尔维亚独裁者,一个在冷战后除了一再发动战争、给民族与宗教分裂火上浇油外什么也不干的人。"

以电视为首的传媒之所以要将严肃事件变成娱乐事件,是因为推动大众传媒的主要手段已不再是提供信息,而是取悦观众。媒体对美国法庭公审(比如 O.J. 辛普森案)与美国政治生活(比如克林顿案)的呈现已将这二者降格为一种娱乐。当然了,当政治生活的民主化(或民主化的幻觉)抵达了它的顶峰,不是娱乐还能是什么呢?通过媒体的强势过滤，美国的政治生活变成了一场不论阶级种族欢迎任何人参加的狂欢。

媒体能操纵的事情很多，其中也包括选角。宝拉·琼斯本是一个智力平平的普通公务员，通过媒体，她戴上了美国市井英雄的光环，成为白人下层阶级（最可靠的电视节目消费群体）的代表，一度还作为民主符号，讥讽、挑战着美国另一重要符号——白宫。媒体精心挑选专家、电视律师、记者、知识分子、媒体形象顾问、公众人物，请来所有精通如何炒作事件的人。就这样，克林顿事件被无数主持人当作流行娱乐新闻对待，一起政治丑闻生生变成了庭辩剧、摔跤比赛或者色情电影。

媒体对南联盟悲剧性的解体极为关注。大批人进入前南斯拉夫：记者、电视播报员、电影导演、制片人、作家、知识分子、摄影师，甚至有单纯来冒险、后来才因此成了作家、电视播报员、记者与摄影师的闲人。他们耗费数英里长的胶片与成吨的字纸，生产了堆积如山的纪录片、电影、书籍、照片，甚至纪念品（比如粗制滥造的影像集《萨拉热窝的天使》，其实只是给每张萨拉热窝儿童的照片加上一对翅膀，再一帧帧播放）。现实中的人类悲剧被电视剧化、电影化、摄影化，成为谈资，供消费者与受害人自己放在嘴里千百遍地咀嚼。

我相信，在一个 homo sapiens（灵长类动物）已进化为 homo scaenicus（娱乐型动物）的时代，知识分子对自己的定位、自己的角色与自己献身的方向是有思考的。在与战争发生关联的过程中，知识分子不断考量着道德这一古老的话题。道德是战争语汇中的关键词：无论是比尔·克林顿还是斯洛博丹·米洛舍维奇，无论是受害者还是部队士兵，都免不了谈论道德问题。北约的军事行动更是被媒体演成了一堂德育课。

知识分子既然在媒体上担负着道德评判的责任，就必须对自己的角色有所反思。反思的一个结果可能是彻底走向职业化，公开为道德评判收取费用。比如点评科索沃事件时收一笔钱，点评北约时再收一笔。名士议事虽古已有之，现在却有了新的功能和玩法，成了有偿的舆论介入。如此一来，任何知识分子都会尽量避免自己言论中的模棱两可，确保他们自己、购买他们服务的媒体及其受众，都能接收到一个明确的观点。这样一来，另一个虽然符合逻辑但或许有些尴尬的结果便是：既然知识分子的舆论介入只是一种有偿服务，那么提倡开战的塞尔维亚知识分子就都应被免除罪责，因为知识分子——无论真假好坏——只是在各尽其责地在市场上兜售各自的道德信仰罢了。

某强烈要求克林顿下台并就弹劾案著书一本的美国

电视记者曾经说:"不幸的是,我不擅长推销自己。所以我的报价只有六千美元,而我有些同事一场就能赚两万美元。"

换言之,由于成堆的美国专家参与了克林顿案,全美多出了各种各样的媒体出镜机会。那个不擅长自我推销的女记者,出场一次就能赚六千美元,这在她还是一个不理想的价格。她出场后多半不会从学术角度去分析克林顿案,很可能只是加入一些普通的公众讨论,一堆人坐在一起说长道短,时长一到两小时。

假设公众明确希望媒体去掉知识分子的英雄色彩,或许是一件好事。这样一来,古谚箴言如金就会变成现实。而那个关于不开口的孩子的笑话,也许会有一个不同的结尾,孩子也许会说:"你给我买自行车,我就说话!"

知识分子还有另一个比较浪漫的选择,更适合他们人道主义者的传统形象:每一个就战争有过口头或书面阐述、出过书、上过镜的知识分子,都应该放弃自己的报酬,并将报酬转赠给自己品评过、代表过或为之争取过的地方。为避免个人宣传,书封与报刊上不能印他们的照片。每一个以战争、强奸或暴虐为主题出书的作者,必须为每一则虚假信息、每一点细节上的偏差、每一次数据上的失误支付一笔税金,不仅如此,他们卖书赚得的每一分钱，都要用于科索沃等地幼儿园和中小学图书馆的建设。

只有这样，才能够在真正的献身与打着献身的幌子提供有偿知识性娱乐服务之间画出一条比较清晰的界线。许多与我同为作家的人会问：为什么要从我们做起？为什么是我们这些最清白无辜的人，为什么要从人道主义者开始？因为道德税当然要从担纲道德评判者的人身上收起。所以，人道主义者当然要冲在第一个。

还有第三种做法，媒体实操性最强，成真的可能性也最大：媒体，尤其是电视媒体，应该自己去发展一批所谓的媒体知识分子，专门负责思考世界问题。因为不是所有知识分子都能与媒体对接，那些被挑选出来的珍品，自然报酬颇丰。媒体知识分子将有偿地为普罗大众制造一种幻觉，即我们对一件事的态度与他们这些聪明人一样。或者，他们也可以制造一种同样能带来快感的幻觉，即我们对一件事的态度与他们这些聪明人相反。作为媒体知识分子，这些人必须接受参与媒体所带来的后果，必须认清：信息本身并不重要、由谁传达这一信息才是重点。他们必须接受媒体的运作规则，甘心与红人为伍。媒体知识分子最终也会变成一个红人，一个缺乏实质或者说其实质在不停变化的人，亦即一个对媒体消费者来说有意义的人。平心而论，莫妮卡·莱温斯基就是这样一个红人。也许有一天，我们会在电视上看到她与科索沃难民亲切对话的公益宣传片。这当然不啻为一件好事。唯一发人深省的是：何以她说话对民众就有分量，而知识分子的话却没有。

那我呢？我属于哪个阵营？这非常难说：我既是局内人，又是局外人，既是战地来的人，又是观战的外国人。卖出这篇文章后，我准备买双鞋，可能是路易威登，也可能是古驰。我没有那么多顾虑；反正我已经没有多少羞耻心了。我写一篇文章只能赚一双鞋的钱。当然，我也想再多要点，但他们说我还不够红。

1999 年

玩得开心!

从整个世界都开始媚俗的那一刻起,再谈媚俗就会变得无礼。要知道,卡夫卡写官僚主义时,官僚主义还是一个新名词。后来,当官僚主义吞没了人们的生活时,它变得理所当然,看不见也摸不着了……其实我想说的是:只有当一个现象刚出现时,它才能被发觉。

——米兰·昆德拉

"框架"只是一个隐喻!

最近,作为某知识分子团体的一员,我坐到了电视摄像机前。二十几位来自世界各地的知识分子——学者、文化史学家、画家、作家、哲学家、大学教授、自由职业思想家——应邀齐聚一堂,探讨美的话题。这个主题本身就很奇怪,节目主办方也同样不同寻常。我们有五小时的时间畅所欲言,如果不够,还可以延时。习惯了镜头的嘉宾们都能放得开，其他人则比较拘谨，不过每个人多少都有过跟媒体打交道的经验。

一开始我很忐忑，心想加入这群人一定是因为某种错误。最后证明我的出场的确是个错误：整整五小时，我一句话也没说。我身边的人都是我做梦也想不到能够与之同台的人，自然我也就开不了口。除了我，还有一个嘉宾也像雕塑一样一言不发，另外还有几个只勉为其难说了几句话，但这并不能让我心里更舒服一些。

为什么呢？因为主持人并不向任何个人提问，他的问题都是提给大家的，所以占据媒体空间的，自然是我们中的那些张口就来的人。一个作家自说自话地讲起了自己的抑郁症，虽然场内话题与抑郁症基本无关。另一个作家开启人权战斗模式，慷慨表达了自己对乌干达与波斯尼亚等地的关切。一位知名动物学家加入进来，表达了她对大猩猩的生存环境受到威胁一事的关注。一位知名女权主义人道主义者谈论了她自己，虽然研讨会的主题好像是别的事情。某人在自己的隐喻中使用了足球这一事物，导致有人觉得大众娱乐受到了攻击，开始为足球辩护。一位作家阐述了自己为什么觉得儿童多动症才是最需要关注的现象，导致有人觉得这是对互联网的攻击，于是一场为虚拟世界的辩护活泼泼地展开了。那位著名的女权主义人道主义者——此时已经从包里拿出唇膏补过妆——重复了关于权利与道德的一些话。那位著名的动物学家——此时已从包里拿出了一个猴子吃香蕉的毛绒玩具,放在自己面前——重复了自己对地球生态的关切。另有三人迅速表示自己信神,虽然他们所信的神不同。

无人幸免

简而言之,所有人都意识到自己落入了某种特殊状况,并都尽其所能地应付着。有些人迫于尴尬而开口,有些人由于尴尬而开不了口。有些人出于礼貌才说几句;这毕竟是人家请自己来的初衷。那些开不了口的人大概无话可说——我大可以这样去解读他们不说话的原因,然后把整件事情彻底忘掉,但我没有这样想。整件事的确像一记耳光一样打醒了自负的我,但我的失望不仅在于自己。

我的失望在于,这些知识分子虽然得到了在镜头前自由发言的机会,却都把这机会错过了——请记住,皮埃尔·布尔迪厄曾在《论电视》中写过的,知识分子在阐述问题时必须抱着一种排除外界操纵并深刻反映思想自由的求实求真。他们有机会引导媒体,却为电视这一布尔迪厄描述为自恋者的展台的媒介所引导,且在群体内部很快建立了权力级别:说话的都是敏捷型思想家(布尔迪厄原话),深思熟虑者则忙于跟上节奏。前者制造了一个力量的场域，一个力场，其中包含引导别人的人与被引导的人。一旦这个场域趋于稳定，敏捷型思想家便开始用一种发现新问题的口吻去谈论一些鸡毛蒜皮的事。那些拒绝适应或无法适应强加于己的新问题的人，则继续保持沉默。

比如，既然大家都知道我来自南斯拉夫，那么那位对乌干达与波斯尼亚表示关切的知名作家，大可以慷慨地让我捡几粒面包屑，就这个理应让我说几句的话题聊一聊，适当说一说南斯拉夫战争的事，对他的论点也不啻为一种支持。然而，他自我表现的热情太过高涨。"为了被第一个看见，为了能做第一个阐述某事的人，人们几乎都会不择手段。结果便是，每个人为了脱颖而出，都会去说一些陈词滥调；每个人到头来都开始做同样的事、说同样的话。本应带来新颖与独特的对独树一帜的追求，在这里（电视媒体前）却导致了同一与平庸。"布尔迪厄如是说。

知识分子如何走红？

电视马拉松的第一阶段过去后，知识分子团队中有人做了一张有趣的图表：他准确找出了那些敏捷型思想家，并逐一记录了他们发言的次数。他还找到了讨论进程中围绕敏捷型思想家所生成的小圈子，并区分了圈子与圈子之间的真实矛盾与表面矛盾。我自己也以数数自娱。（作为团队里媒体适配力较弱的一员,除了分析适配力强的组员并聊以自娱以外,我还能做什么呢?)我发现那些反应敏捷的人都是媒体红人。红人大腕都更张扬自我,但在荧幕上,这种张扬会给人造成坦诚、关切、社会性高等积极正面的印象。我们是否能逐一列出思考者需要具备哪些品质才会走红?这个问题吸引着我。

平庸乃智慧之母

敏捷型思想家通常是那些遵守媒体规则的知识分子。我们中大部分参与本次电视节目的人都遵守了媒体规则,虽然他们本不需这么做:节目本来就是应他们的提议而起的,他们大可以畅所欲言。

如果我们认同电视是最民主的媒体,那么无论对我们来说是否自然,我们在电视媒体上谈论任何事时,都应该使用最简单的语言;换言之,就是我们的语言应该尽量趋于平庸。趋于平庸可以被理解为平易近人,但同时也可以被理解为居高自傲(因为它的潜台词是,大众是愚昧的,说得太深他们不懂)。平庸化的电视产品认为大众喜欢看聪明人在电视上说一些自己也说得出的话,不希望以任何方式打击到假想的大众消费者的自尊心。此处再次援引布尔迪厄:"我们讨论一次演讲、一本书或一个电视节目时,都要关注一个主要的问题,那就是交流所需的条件是否得到了满足:听的人是否有正确的工具来解读我们说的话?当你传递的是一个已经被接受的观念时,一切条件都是成熟的,问题会迎刃而解。交流瞬间就完成了,但在某种意义上,它根本就没有发生;或者说只是貌似发生了而已。因为相互间交换共识等于没有内容的交流,等于为交流而交流。"

虽说平庸琐碎的东西以立足市场为目的盗用了诸多文艺或学术语汇(比如,纽约有家普普通通的服装店起名叫时尚哲学,某关于变形人的科幻剧集不会忘记提及卡夫卡),但知识分子在捍卫自己领地上所做的努力也着实不多。知识分子与大众文化市场不仅不相互排斥,反而相互支撑。市场将平庸知识化,知识分子则将知识平庸化。知识分子为什么要这样做?是为了不被指责孤芳自赏,说的语言只有自己能听懂?还是为了迎合假想中的大众消费者?或者只是简单地因为,真正左右信息的其实是媒介?

最终,这台电视节目中的知识分子都不再思考,他们只是表现出思考的样子、表现出自己对任何事物都有思考的能力。同时,他们非但不再规避大众文化的常规论题,反而积极地向它们靠拢(抑郁症、环境污染、道德责任等)。无论是否出于本意,这些知识分子都表现出了文化媚俗,当然,他们也可以很轻松地辩解说:在电视上说一些极少数人才能听懂的话,不是很荒谬吗?

简化用语,成了公众讨论时不成文的规范,成了表达公众观点的通用办法。哲学演绎(说难听了就是"闲话家常")代替了哲思,文学模仿代替了文学,文化小品代替了文化,政治正确的政治演绎代替了真正的政治观点——这一切悄无声息地填满了公众生活,文首引语中昆德拉所说的,正是这一现象。

历史上从未有一个时期像我们所处的这一时期一样,成功地将三十年前还被称为高雅文化的东西低幼化。从畅销书名单上看,毫无新意的书比有新意的书卖得好,而畅销书名单本身,也从提供文学市场信息的指南读物,变成了决定文字与思想之产物是否有价值的仲裁机构。讲一部文学作品翻拍电影的书,比这部文学作品本身卖得还好。

在我方才说的那个电视节目里,所有摄像机前的人都参与了操纵,也都被操纵着,他们都是赢家,也都输了,他们都是真实的人,却都并不真实,他们都有责任在现场对某些价值拨乱反正,却也都是那些价值观的受害者。母亲对自己的孩子说话时,会改变语言习惯,装作咿咿呀呀,含混不清。这些参与电视节目的知识分子,就正如新生儿的母亲。但对前者来说,有一个问题:长此以往,也许他们会忘记成年人的语言。当然,如果谁也不记得成人的语言,那倒也没有什么关系了。

时髦

美国学术杂志《通用语》(1998年11月刊)上有一篇轻松的文章,叫《推销自己》。这篇文章集结了一些美国大学教授在网站上的自我介绍。据该文显示,某些教授为博得学生欢迎,故意放弃了为人师表的形象(原谅我使用了这样过时得不可救药的词语)。文中罗列的网站刊有大学教授的照片(有些人仅着泳衣泳裤)、私生活细节以及教授们就自己性向、宗教信仰、烹饪爱好、个人软肋的简单说明。阅读过程中我被一个教授的网页深深地吸引了,这个教授我认识。她用来装饰网页的照片全是她给疲劳的学生按摩肩颈、用塔罗牌给他们算命的画面。她将这两项活动列为自己最喜欢的社交活动。

今人想成为知识分子则必须合群,必须墨守市场的成规。即便是学术知识分子也无法规避市场法则,尤其在美国。美国院校的知识分子一不留神就会失业,当然也会因高薪诱惑而加盟另一院校,这与橄榄球星是一样的。今天的知识分子不再是往昔捍卫自由思想的个人。今天的知识分子是社交名媛,他必须顺应政治界、文化界与知识界的新趋势,必须满足人们对一位有思想的人的全部想象。即使他要做一些惊世骇俗的事,也绝不能因为他的思想惊世骇俗,而只能是因为他公开在小报上发表了裸照。就像那位大家都知道的法国敏捷型思想家在没有什么出镜机会时做的那样（毕竟当时萨拉热窝战争已经完全霸占了媒体空间）。

今天的知识分子必须要时髦、酷、大牌，实际操作起来，这就要求他们经常去谈论大众文化的主流话题、适当激进（即做虚假的激进表演）、温和反抗（即做虚假的反抗表演）并用知识去包装娱乐。托马斯·弗兰克在《消声器》杂志中写道："这并不意味着高等学府就放弃了他们对神圣的高雅文化所负有的责任，但这种做法无疑表现出了知识分子对大众文化毫无批判的肯定，而这是有问题的。"

可以开始玩了吗?

最近《时代周刊》有一篇文章，叫《读者问：可以开始玩了吗？》，说因为德国文学太无聊，而美国文学不无聊，所以德国人都去读美国文学了。"德国战后文学禁止乐趣与娱乐，有诸多禁忌，坚持一种宏大的悲伤"。在汉堡大学任教英国文学的德国畅销书作家迪特里希·施万尼茨在《时代周刊》上如是说。"每个德国人都想成为弗兰茨·卡夫卡或塞缪尔·贝克特。"他进一步说道。《铜锣》（*Gong*）杂志主编斯蒂芬·鲍尔说，当今在德国，被公推为艺术家的作家，都爱写不知所云的高冷小说。

以高冷、不知所云、宏大的悲伤、禁止乐趣、诸多禁忌等典型负面词汇来评价德国文学的这两位德国人,都说了同样的一句话:今天要做一个知识分子,首先必须要乏味无聊。而大众文化产物——无论是牛仔裤、MTV电视台、可口可乐,还是一部电影、一个音乐录像带或一本书——却经常标榜自己说:我是大众文化、我百无禁忌、我不传统、我新颖、我先锋、我颠覆、我肆无忌惮、我永不无聊。当然这些话没有一个字是真的。

那些指出德国文学乏味无聊,用词过于平淡,导致读者提不起兴致的作家,我猜都是一些年轻人。年轻人就自带反抗、原创、不传统、有意思的光环吗?并不是;实际上,年轻只能确保一件事,那就是把自己与自己的整个自我标榜的体系投入主流文化欢乐的、兴奋的、经济上大有回报的海洋中。

热爱娱乐的文化

米兰·昆德拉曾说,地球人的手足之情将由媚俗达成。其实,很久以前它就已经达成了。里斯本的阿尔法玛鱼贩与圣彼得堡欧克提亚布斯卡亚酒店任何一层的女佣之间早已没有太大区别:他们都看同一部美剧或墨西哥剧。但二十世纪六十年代受知识分子关注的媚俗一词却被移出了整个社会语境，取而代之以产业（电影产业、出版产业）、娱乐、快感和乐趣等词汇。

两年前我在一所美国大学任教，发现有学生不知道什么是媚俗；最近我去德国开了一次课，说起高雅文化与市井文化，有学生问我这都是什么，这些词已经过时了，但是很抱歉我确实使用了它们。

十五年前，尼尔·波兹曼在他的《娱乐至死》中给美国文化下过定义，说它是热爱娱乐的文化（fun-loving culture）。从那以后，热爱娱乐的文化席卷全球。据《华盛顿邮报》报道："美国商务部数据与行业数据显示，1996年美国软件与娱乐产品的国际销量总额为602亿美元，雄踞各行业之首。这一数据表明，自1991年苏联解体为美国打开全球市场新大门以后，美国的知识产品出口总量已增加了94%。其中还不包括因盗版而带来的每年数亿美元的损失。"该文作者托德·吉特林还在文中明确指出，美国流行文化是继强制推行拉丁文的罗马帝国与天主教会……之后又一个致力于达成全球一体化的竞标者。

就在我写下这一段的同时，全球五十二个国家、数百万计的人正在收看少儿电视剧《吸血鬼猎人巴菲》，越南青年正在当地连锁餐厅现代启示录里以美国音乐自娱，伊朗人正为《泰坦尼克号》痴狂，《海滩护卫队》的收视人群正从南美一路覆盖到中国，奥普拉·温弗瑞的女性拥夐正遍布全球，杰瑞·斯普林格在政治、文化、新闻、电视等领域四处开花的斯普林格化正得到所有人的推崇。

只有原教旨主义者什么节目也不看。除了他们，谁也不愿被排斥在全球同胞之外。加入全球同胞行列的普世欲望，是我们消费黄金年代赖以盈利的基石。

火车也是一个隐喻

2000年夏天，我坐火车去旅行。火车一共拉了一百多个来自欧洲各国的作家，其中大部分是年轻人。旅行时长一个半月，行程从南欧至北欧。一百多个作家并不算多，但作为样本多少也能代表一部分从事文学活动的人类群体。我们途径欧洲各国，目睹不同环境，有些环境并不尽如人意。二十年前，一百多个作家看到这样不尽如人意的现象，一定会跳出来联名请愿，公开声明观点，表达抗议。但在我们的火车里，这样的事情没有发生。诚然，旅行结束后，作家们的确写了一份不温不火的声明，不过它只与作家的工作有关：要求欧盟在小语种互译上投入更多资金。显然，国家、民族、欧盟、欧洲、文学所构成的文化角落，已让这些作家十分满意。火车途径十二个国家，我们一车人国籍混杂，分别来自白俄罗斯、俄罗斯、立陶宛、塞浦路斯、土耳其、希腊、塞尔维亚与克罗地亚，但很少有人谈论政治、反思欧洲或探究文学概念。让作家们活跃起来的话题是以下这些：政治游说、人脉关系、文化管理。

艾柯对知识分子的类型研究（末世论型与包容整合型[①]）已经过时。每个人都在包容整合。如今的文化界，鲜有弃世、忧伤、乏味的精英主义者。把他们当作对手提出来批驳——代表大众文化的人们依旧乐此不疲，虽然大众文化在今天已经没有敌人——会像某个得克萨斯参议员今天突然在竞选演说中疾呼打倒苏联一样突兀。

"奥威尔害怕禁书的人。赫胥黎害怕有朝一日人们再也没有禁书的理由，因为再也没有人愿意读书。奥威尔害怕我们得不到信息。赫胥黎害怕我们获得太多信息，从而退化为被动接受的利己主义者。奥威尔害怕真理被掩藏。赫胥黎害怕真理为无关紧要的小事所淹没。奥威尔害怕人类文化受到禁锢。赫胥黎害怕人类文化变得琐碎平庸，世界被只求感官满足的痴人与集体口号和儿童游戏所充斥。简而言之，奥威尔害怕我们被自己憎恶的东西所摧毁。赫胥黎害怕我们被自己热爱的东西所摧毁。"末世论型知识分子尼尔·波兹曼如是写道。并补充说，赫胥黎是对的。

[①] 原文为 apocalittici e integrati，二者最大的区别是，前者厌弃大众文化，后者拥抱大众文化。

就我自己而言，以前我既不末世论，也不包容整合，而是处在二者中间的状态，可以说既包容又末世论。但现在我彻底包容了。我已经接受了昆德拉的建议，无处不在的现象就不要去提它了，再提就是不礼貌了。我已经决定加入全世界的兄弟姐妹之中，也许我一直以来就属于这个群体，只是迟迟不愿承认而已。说白了，我没有别的选择。顺从地加入全球大集体中，这一意象将一种形而上的欢乐充满了我的全身。那么，我们现在可以开始玩了吗？

可以，当然可以。

2000 年

好了,再见吧

好了,再见吧,谢谢你偶尔与我擦肩而过。

屋 精

烧书的方法不止一种。

——雷·布拉德伯里

让我们来看以下两张照片。它们的拍摄日期都是1949年5月1日，贝尔格莱德五月游行当天，我四十五天大的时候。

第一张前排的女孩身后有一条幅，上面写着：自由、民主与进步之地南斯拉夫联邦共和国万岁！照片右侧有一段手肘，不出意外应该属于一个警察。游行男女簇拥着安了轮子的巨书。平放的书脊上写着：人民之书。再往上看。打开的书上写的是为建设独立幸福的南斯拉夫五年计划不懈奋斗。这本打开的书下面垫着一本看不清标题的书。但从第一行的 S 与第二行的 TAL 可以想见，这是卡尔·马克思的《资本论》(马克思在斯拉夫语中写作 Marks)。那是 1949 年。南斯拉夫正与苏联和华沙条约组织闹离隙。所以在此出现的会是马克思的《资本论》，而不是列宁的作品或斯大林的肖像。

现在看第二张照片。四本书堆成金字塔形，顶上摆着一个嵌有五角星的三角形状（代表了军帽，斯拉夫语写作 titovka）。最下一本书正对镜头的文字写的是：我们的五年出版计划。该书的书脊上写着课本。课本上是文学，文学上是科学，科学上是童书。书名下面的数字都难以辨认。也许代表了出版数量。从书的厚度与开本来看，未来五年中最重要的出版物是课本。第二本书正对镜头有一个黑色长方形，看起来像某种审查标记。实际上那是一个开口，里面坐着看不见脸的司机。自下往上第三本书上写有教育字样（斯拉夫语写作 Prosveta）。那是南斯拉夫最大的出版公司之一。

这些五月游行的情景被拍下时，我还是个婴儿，只有一个半月大。后来我在电视上看到的五月游行跟照片拍的不太一样。再后来，五月游行没有了。在那段时期丰富的庆典活动中，生命力最长的是铁托的诞辰纪念日。实际上，铁托一死，所有庆典也都死了。虽然他死后人们还庆祝过一两次他的诞辰，活动的标语是：即使不在——铁托依旧。

人民之书！

人民之书！人民之文化！这是社会主义早期提出的两

则标语，在这朝气蓬勃的指导思想下，展开了扫盲运动、大众教育与文化民主化进程。即使到了现在，我还能偶尔听到老奶奶九十高龄学会读写、盲人通过不懈努力终成科学家或高山滑雪冠军的传奇的回声。

连我出生的日子也与书籍分不开。父亲去医院看母亲时，给她带了本书做礼物，他买这本书纯粹因为书名十分切题：马克西姆·高尔基的《母亲》。

我从小是听着穷乡僻壤的孩子长大后发明了电（比如尼古拉·特斯拉）或打倒了法西斯成为政治领袖，会流利地听说十国外语，还会弹钢琴（比如铁托）这样的传说长大的。我的教科书里全是劳动救国、知识就是力量、书是我们最好的朋友这样的标语。学校的老师教导我们，知识与艺术是最值得尊敬的两项人类活动。

南斯拉夫早期的共产主义生活充满了丰富的艺术教育活动。连最小的镇上都设有文化馆，里面可以看电影、看业余剧团话剧，还可以借书读。每村每镇都有自己的业余话剧团。业余文化生活（业余电影导演、业余演员、业余摄影师、业余诗人）让文化在南斯拉夫这样一个二战前人口多为农民的国家里四处开花。尽管演出《哈姆雷特》的都是些半文盲或农场工人，但至少这些生活与该剧原本毫无交集的人，从此知道了莎士比亚与哈姆雷特的名字。随着电视机的兴起，人们的业余文化活动悄然消失了，随之消失的，还有工人大学与文化馆。

我也爱看奥普拉·温弗瑞的节目。自学如何成就更高的人生目标，练出一副有着美好心灵的美好躯体、帮助穷人（让穷人上大学！）、支持年轻人和才华横溢者、支持成人大学、相信每个人健康则社会就健康、相信文字能改变命运（也能改变世界！）、相信知识就是力量！——这一切都是共产主义早期常挂在嘴上的宣传。有时我觉得奥普拉像我的小学老师，这么多年后，又通过电视回到了我的生活里。诚然，她说着不同的语言，肤色也不一样，长得也不同，但我听得懂也爱听她说的每一句话，因为这些话我很久很久以前都听过。

市场实现了资本主义社会的文化民主化，全球化使文化民主化得到大力推行。这与共产主义社会何其相似，只不过共产主义社会的文化民主化都带有共产主义色彩。

让我们再去看看那两张照片。它们摄于1949年，南斯拉夫正欲脱离苏联阵营。四年后，南斯拉夫作家正式与社会主义现实主义文学划清界限。同年（1953年），南斯拉夫上映了首部好莱坞电影《水上芭蕾》，由埃丝特·威廉姆斯主演。从此，国门向好莱坞电影大开。电影本身与当时的文化环境也融合得天衣无缝。平心而论，埃丝特·威廉姆斯的电影美学，与共产主义的庆典美学并没有什么区别，虽然当时的美国还是个富强的大国，尚未遭受战争染指，而南斯拉夫又小又穷，且已被战争撕扯得七零八落。当然，埃丝特·威廉姆斯的电影在表演的可看性上要更胜一筹。

召唤恶魔

我不喜欢再见这个词。我年轻时对文字的意义抱有信仰。俄罗斯古时曾有习俗：人们离开自己住过的房子，都要把拖鞋摆在火炉前，好让屋精（domovye）跟上来。屋精保管记忆与传承，是当时普遍的信仰。我自己也曾在各种必须说再见的场合，碍于它的决绝而没有说，只是留下一件表示自己一定还会回去的物品。这样做只是对再见一词象征性的反抗，而之所以反抗，恰恰因为我信仰文字的力量。如今我已记不清自己在别人家留下了多少东西，其中也包括拖鞋。游牧民族都明白，把东西留下，要比带它们上路轻省得多。

大约二十几年前，南斯拉夫有个电影，叫《下一战，再见！》（*Goodbye until the Next War!*）。艺术家常常信口胡说。但有一些信口胡说的话后来成真了。电影名字一语成谶：南斯拉夫各国真的相会在了新一轮的战争中。

远古文化对文字有恐惧，害怕它的意义成真。俄语"chertyhanie"一词有召唤恶魔之意。在南斯拉夫作家、知识分子等众多我国同胞一再使用战争一词后，恶魔为之唤醒，现身我们中间。

焚书者

南斯拉夫人跟祖国说再见的方式是残酷的。一切都消失了——祖国、生活、家宅、书籍、文件、照片、生平、地图、语言、学校、各种东西、各种记忆、图书馆……尽数消失。

萨拉热窝国家图书馆被毁，成千上万书籍付之一炬。塞尔维亚人没来得及炸掉的书，被萨拉热窝市民做了燃料。一开始，他们烧所谓的共产主义燃煤，即一些共产主义思想家的作品。萨拉热窝的居民对这些书十分青睐，因为它们燃烧时可以释放许多热量。萨拉热窝人声称，只要把这样的大部头书籍用铁丝缠紧，它们能像真正的煤块一样燃烧很久。莎士比亚也提供了不少燃料；生死攸关的时候，理想与美学只能容后再议。

与此同时，克罗地亚新民族主义政府治下的图书馆也正在悄然清理不合时宜的书籍：塞尔维亚人的书、共产主义的书、西里尔文写的书、反克罗地亚的书、反法西斯的书，还有别的一些书（莎士比亚依旧未能幸免）。焚书者工作时一视同仁。千万书籍统统丢进垃圾堆。无论作者是死是活，作品都要从教材中剔除，都要从图书馆、从历史、从文学生活中抹去。焚书的工作由知识分子来做，他们是志愿上阵的刽子手。

文化乐观主义者曾这样安慰我们：手稿是烧不毁的。总有一天，一切都会归位，历史不会被抹去，会有新的图书馆，会印新的书。像过去的任何时候一样，乐观主义者依然不熟悉毁灭者的手段；因为他们总是有幸保持距离，从历史的角度去审视事物，这是他们能够保持乐观的原因。事实上，很长一段时间内，不会再有新书去替代被毁的书了，因为没有钱了。黑手党政府极尽剥削之能事，导致其后许多年，国民长期负债。即使有钱，也很难想象出书会是一个当务之急，正如你很难想象，此时文学在人们心里，还会有文学被焚毁当时的分量一样。修复文化史只能引起一小撮专家的兴趣。

十月曲奇与金宝汤

共产主义退出东欧，不仅是一个体制的退出，更是整个文化的退出。共产主义作为一种文化有其两面性：它既是一种支持体制的文化，又是一种反对体制的文化；既拥护，又对立。许多艺术流派因为这种对体制的对抗而产生，比如描绘并陌生化苏联的理想主义世界的政治波普，比如说十月曲奇等。如今，反抗文化已经被速食文化所取代。苏联、匈牙利、捷克、南斯拉夫、波兰、罗马尼亚电影销声匿迹。作家与其社会地位都被驱逐到社会边缘。许多艺术家最后成了流亡者，只有少数一些回得来。整个共产主义文化在尚未得到充分评估前就被连根拔起。在激烈的政治变革中，人们不会思考旧体制是否有值得保留与传承的东西。比如西里尔文，在立陶宛与爱沙尼亚就已几乎绝迹，只有窨井盖上因为无法抹去还能看到这种文字。

他们说十月曲奇也不存在了。而代表着现代文化的符号级商品金宝汤罐头，还安然摆放在美国各大超市的货架上。数亿美国人吃这个罐头，各大博物馆展出安迪·沃霍尔用金宝汤商标制作的著名作品。一切适得其所。更有甚者，现在你在莫斯科的超市也能买到金宝汤了。莫斯科人也吃着金宝汤罐头，一并喝下了全新生活与重回正常世界的隐喻。汤羹是漫长创伤的良药，亦是其明证所在。

苦难

我不知道其他前共产主义地区的人如何维系与过去文化间的联系，我只知道南斯拉夫人这次没有把拖鞋留在火炉前，好让代表记忆与传承的屋精跟得上。相反，他们说这房子又小又可憎，等不及要毁了它，开始一场新生活。

为了彻底摧毁共享的家园,南斯拉夫解体后的各国在两大战线上开展了激烈战斗。第一战线是摧毁记忆:战役在现实与精神两方面展开,一切南斯拉夫的都要摧毁。民族主义狂热分子开始建立民族幻象。民族文化徒有其名,不过代表了空泛的民族身份,勉强维系着民族主义的幻象。

总之,参与到后南斯拉夫时代文化生活中的人,会感觉自己踏入了一片由自己亲手制造的废墟。身处三重苦难之中(无法抹去的共产主义印记、战争与南斯拉夫的解体、新民族主义文化)——换言之,同时扮演着三种虚伪角色——的作家、艺术家与知识分子,拒绝面对自己所受的伤害。他们无法面对自己长大成人的过去,也不知道自己的生活为何被毁,只能权且服从,接受别人强加的身份,说一些违心的话。尚未做好应对准备的他们,为了适应新的境遇,便假装什么也没有发生过。

我最近同一群作家一道游历了东欧各国。在波兰与俄罗斯间一处边防哨所受到了当地警察局局长、哨所管理员、当地教员与一支女子业余民族歌舞团的接待,他们请我们吃了面包和盐巴,教员致了欢迎词。民族歌舞团的女人们牙冠上镶着黄金,载歌载舞,一如往昔。

维尔纽斯火车站则又是另一番气象。一支爵士乐队在大厅的小舞台上演奏,几个诗人在舞台一角的小讲台前分别用汉语、英语、立陶宛语和俄语朗诵着一首中国诗、一首美国诗、一首立陶宛诗和一首俄国诗。所有的节目都是一起演的：诗人们各归各地朗诵，同时，乐队演奏着爵士乐。这场极不和谐的表演，就是想象力受过重创的东欧编排者们心中的艺术。它是一种新的政治宣传产物。表演的潜台词是：我们立陶宛人属于西欧，我们与（苏联的）共产主义文化毫无关系，我们的文化像西欧其他的文明国度一样，是大都会多元文化，我们绝不拿民族歌舞去扫宾客的兴，绝不拿面包盐巴来做忆苦思甜，我们是正常人。少顷，我从一本立陶宛指南上读到，维尔纽斯实际上是欧洲地理的中心（不管它到底想说明什么问题吧），教皇的妈妈实际上是立陶宛人，还有，虽然本地犹太人的确受到了纳粹（为何不说是谁的纳粹？）不公的待遇，但苏联共产主义对立陶宛人的镇压才是最沉重而不堪忍受的。

其后，我还将在里加、塔林、圣彼得堡、明斯克以及在与一位保加利亚诗人对话时听到同样的创伤用语（作为保加利亚人我觉得丢脸，真希望我不是我）。但因为我在卢布尔雅那、萨格勒布、贝尔格莱德和斯科普里早已听过这种语言，我对它并不陌生。

在莫斯科街头礼品店间徜徉时，我获得了片刻小憩。从货架上，我感受到了市场的包容心。我看见传统漆木盒上印着取材自新俄罗斯人生活的纹样（黑手党开着奔驰车，拿着网球拍，由俄罗斯美女簇拥），T恤衫上印着斯大林肖像和硬核标语，马克杯上印着马列维奇的签名，我看见虫吃鼠咬的苏军军帽和俄罗斯作家形象的套娃：普希金套着托尔斯泰、托尔斯泰套着陀思妥耶夫斯基、陀思妥耶夫斯基套着契诃夫、契诃夫套着果戈理。

　　文化在旧货市场与新货市场都开始复苏。人们说，任何事物的复苏总是先从市场开始的。然而，单靠贩售文化纪念品——无论出自玩古的新艺术家还是念旧的老艺术家之手——就能复兴文化吗？真文化一定会再出现，这一点可以确定，但绝不是从这些地方出现。它或许会在乡愁中出现，在内心绝对自由时出现，在房客离开住所——无论是否自愿——时留下拖鞋好让屋精跟上的那一刻出现。

2000 年

一个答案的许多问题

口号

目前,全球化是全球的统一口号。它像旅者的皮箱一样满世界周游,周身遍布各式标签,盖满了代表各种意识形态意涵的颜色。知识分子在审视它的意义与内容时,大多会落入文字的陷阱。这部分是因为流行语自身的性质,因为流行语越想把事情说透,其本身的意涵就越含混(齐格蒙特·鲍曼,《全球化》)。部分是因为全球化概念的意识形态包袱太重,还与它内容过于宽泛,从经济到生态、从技术通信到国家状态、从文化媒体到地缘政治、从多民族结构到民族身份重释、从哲学与对时空速度的理解到社会学与全球移民……几乎无所不包,而且这些内容又都相互牵连,难以孤立看待。

从表面上看,全球化又像一张七色烟幕,有上师在里面对我们微笑,有悦耳的音声传出,说:"世上万千花朵,其色缤纷,无穷无尽。"

世界公民

谁是世界公民？他迅捷、高效、理智，他是技术、信息和自己的主人，他知道自己是谁、想要什么、想买什么。他是高度自觉的消费者，午餐吃日本寿司，晚餐吃匈牙利炖牛肉。他弹性大，爱工作，专业性强。他有机动性，像子弹一样精准而无往不利。他是整个世界的维修工，时刻不忘进步理想。他是性感的当代模范，是真人版超人。他游历全球：从电视上看，无论是纽约生意人还是澳洲原住民，似乎都可以被看作是世界公民。

然而，现实（如果这东西果真存在的话）中的世界公民则相当不同。如果这个人属于仅占人类三分之一的富足人口，那么他会连自己的电费账单都算不来，遑论搞清自己是谁与自己在人世间的位置。他的日常生活会越来越虚拟化。他的权力也会越来越虚拟化（让·鲍德里亚在《暴怒》中写道："虚拟世界中的权力是一种虚拟的权力。"），他曾用来衡量自身的标准（工作、阶级、民族、人种、宗教、文化等）会逐渐淡出。市面上的身份丰富多彩，从传统的血与土意识形态，到新派双性恋，应有尽有，必有一款符合他的口味。而当代的人生指导员——无论是国父与精神上师，还是时尚设计师与整容医生——也已不像过去的精神分析师那样，致力于帮助我们了解自我，他们只告诉我们可以成为什么。因为在一个虚拟的世界中，了解真实的自我毫无意义。

而如果这个世界公民属于地球人口的另三分之二，那么他将挨饿，或者只是受穷。富人与穷人的世界是不接壤的。鲍曼曾写道："富足者行遍全球，苦难者囿于一方——二者间并无关联。"统计数据也支持这种鸿沟论：就在此刻，世上正有358名亿万富翁，他们的收入相当于23亿人口的收入总和。

意识形态

全球化意识形态与理想化世界公民一样，只是看上去很美。它承诺了一个劳动终成乐趣的摩登时代，某种意义上等于一步跨入了共产主义。

全球化意识形态之所以深入人心，是因为它让两个完全相悖的概念得到了关联与平衡：一是必须有标准化支持的普世化，一是人类根深蒂固的个体性与差异性。我们每天通过电视接收到全球化意识形态，看到穿着纱丽的印度女人自信地上网，听到从头到脚遮得严严实实的阿拉伯女人长袍中响起手机铃声，我们于是相信，这两个相悖的概念是可以调和的。

全球化盛况里装点着自由、平等、博爱这样古老的革命观念，所不同的是，这一盛况中的国与国间再无分野。从实际角度看，全球化类似一种戏法。因为只有戏法能在取消国家分野的同时依然保持不同国家、不同民族、不同少数民族、不同宗教、不同人种、不同地理特征之间的区别。

全球化意识形态本身缺乏坚实的基础，所以实践起来就遇到了许多实际困难。取消国境的实践每天都要遭遇数百万从更坏的世界往更好的世界迁徙的人。不计其数的人在非法越境时或被遣返或遇难死去，除此之外，据说还有大约七千万黑户在更好的世界里仿佛孤魂野鬼般过着没有身份的日子。

全球化盛事的设计者支配着自己所需要的一切：金钱、媒体、权力，以及最重要的——华丽的外表。猜疑烟幕之后究竟藏着什么真相的怀疑论者会被当作败兴之徒，被当作宁死也不肯喝一口全球化可口可乐的老古董。这样的人没有什么统一的特征：你会发现，斯洛博丹·米洛舍维奇与诺姆·乔姆斯基虽然在其他方面迥异，但都反对新世界秩序。

在全球化的意识形态中，一场以民主为名义的媒体战正在如火如荼地开展：为了进步与未来，我们要打倒传统主义，为了科技的发展，我们要打倒犁与锄头的落后技术，为了全球通信我们不允许封闭、孤僻，为了进步世界的价值观我们要摒弃旧世界的旧思想，为了市场自由我们要消除贫困，为了大多数热爱和平的人我们要与顽固好战的少数派斗争。而这场战争的结果，预先就已确定了。

文化

文化工作者常常落入全球化口号的意识形态陷阱。大部分人自觉地顺从了当代文化的价值取向，只有少数几乎可以忽略不计的人还在对它提出疑问。

对文化全球化提出激烈抨击的人里，不仅有来自外围的后殖民时代的非西方文化理论家，还有处在震中的美国知识分子。美国评论家认为，全球化不过是美国文化帝国主义的代名词，说全球化，不如说是全球美国化。西欧知识分子在措辞上要小心得多，因为他们不想在意识形态上被划分到塔利班的阵营。东欧知识分子则一声不吭：身处受到重创的后共产主义国家的他们，随便评论一句，就会被扣上左倾恐怖主义的帽子，被对手说自己梦想回归共产主义。除此之外，一旦成为左倾分子，很快就会被国内的民族主义者视为同人。而当地犯罪者与当权者最乐于见到的便是民众间高涨的反美、反欧情绪：保卫民族、保卫文化差异的反全球化言论能保护他们的领地不受外界染指，方便他们继续肆无忌惮地进行犯罪活动。

当今知识分子对文化全球化充满关切，他们思考它的自相矛盾，思考意识形态、金钱与市场在文化中的共存关系，思考电子时代中书籍的未来，思考媒体的洗脑与审查策略。他们也为传媒集团的整合而担忧，为电视机的角色而担忧，为教育机构的位置而担忧，为互联网而担忧，为美国大众文化主宰全世界而担忧，为由此导致的高等教育（包括美国的高等教育在内）惨遭冷落、被迫降低自身标准的现象而担忧。对文化思想家来说，有一点是确凿无疑的，那就是：在美国目前的出口贸易中，资讯娱乐产品仅次于食品排在第二，其上升势头锐不可当。

此处需强调一点：美国的文化帝国主义并不是美国的独创。以苏联共同体的文化交流系统为例，它的运转原则同样是自由互惠，俄语被指定为官方语言——这一角色现在由英语担纲。苏联共同体时代出现了许多学院、翻译人员与出版机构：各种书籍大量刊行。其中不仅有高雅文化产品，也有娱乐产品，有时只是简单地把美国的流行文化借鉴过来，用流行文化的叙事策略，去讲述共产主义的日常主题。二十世纪六十年代早期的南斯拉夫党争电影（模仿美国西部片风格）在社会主义国家取得极大成功。波兰、捷克与南斯拉夫的电视剧在当时还很不起眼的电视剧市场收获了不可小觑的利润。在美国进入市场前的二十世纪五十年代,墨西哥与印度电影曾风靡一时。南斯拉夫电影在美国化之前,曾一度受到别的国家的影响,比如意大利。如今这些前社会主义国家的市场都被美国肥皂剧与更粗制滥造的墨西哥肥皂剧占领了。

现今全球化的问题之所以更为复杂,是因为科技改变了它的维度。计算机技术是在虚拟世界实行全球化的基础,然而,谁知道呢,它也可能是它日后的坟墓。

刻板印象

全球化本质上是一个原教旨主义概念,它成功地在平衡的多元化中创造出了一家独大的垄断局面。一种普世且为多数人掌握的语言,从而也就变成了全球化的官方语言(鲍德里亚)。

为了进行交流——全球化即交流——必须有通用的语言,必须有有效的信息交换渠道,放诸文化领域,这就意味着它必须有能用来交换、能产生互动的文化产品。

我们的文化产品究竟卖给谁?商品投向何处、目标何人?谁是我们最青睐的受众?小地方的生产者多安于一处,将产品投放本土市场,间或尝试进入欧美市场。波兰作家不会处心积虑在印度出版自己的作品;即使这样的事情发生了,也不过是不足为道的愉快巧合。印度作家虽然心中还存有后殖民时代的苦涩，却并不在乎保加利亚这样的国家是否出版自己的作品。大家的目标都是美国。因为美国文化产业面向的是全球文化市场，它欢迎所有人，无论他来自巴布亚新几内亚还是葡萄牙。而一旦作品跻身美国市场——其文化产品的传播范围要深广得多——便等于中了进入全球市场的彩票。

另一个重要的投放方向是西欧市场。不过，虽然它的重要性与英美市场相当，但这并不意味着西欧与英美之间就会互惠互利。虽然带动了半个美国出版业的贝塔斯曼始于德国，但一个坐在纽约出版商面前的德国作家，并不享有比俄罗斯作家或意大利作家更好的出版前景。扭回头说，一个美国作家无论在严肃文学方面表现出多么大的野心，比之欧洲作家，其优势也不会大到哪里去。

所以，全球文化市场中真实的文化交流是怎样的一种境况呢？

在西欧各地的礼品店里，你都能看到画着突显欧盟各国人刻板印象的明信片。这些明信片再一次向我们说明，英国人是高冷的，荷兰人是吝啬的，法国人是傲慢的。这些刻板印象制成的礼品只想开一些没有恶意的玩笑，不愿厚此薄彼，这样谁也不会当真。而这也就是为什么，它不会去画有色的法国人、土耳其化的德国人、德国化的土耳其人或者印度化的英国人。

善于观察的人会从明信片上读出这样一个信息，那就是：统一的语汇可能需要刻板印象的支持。欧洲最脍炙人口的口号——求同存异——也是通过文化刻板印象去对待欧洲多样性的。人们发现，原来刻板印象就是他们各自的国民属性与民族身份，原来存异的权利是通过刻板印象达成的。但反过来也就是说，所谓的民族身份，不过是一大摞不同的刻板印象。

政治、电视节目与大众文化也需要通过刻板印象说话（若非如此，大众文化将不成其为大众文化）。刻板印象是全球文化市场中最有用的语言。故此，在一个名义上取消了国境、互联网四通八达、文化产品得以自由交换的后殖民世界中，刻板印象仍然是交流的基础方式。举例来说，我们不会因为柏林墙倒了，就不用它去指涉冷战，而换用其他的说辞。在一个承诺交流无碍却把交流建立在刻板印象上的文化系统里，文化文本会发生什么变化？刻板印象究竟是令商品卖得更好的商标，还是商品本身真实的内涵？它是不是包含文化文本在内的所有商品进行全球交流的基础语言？

全球文化市场急于且乐于接纳我们这个时代的一切思潮——后殖民、女权、多元文化、身份政治——有时我们不禁怀疑这些新思潮是不是市场自己编造出来赚钱用的。今日的全球文化市场中，充斥着各种巩固这些意识形态口号并将它们升华到政治正确高度的商品。比如文学界（与流行乐界）的东方思潮，作家（或艺人）拍书封（或专辑封面）时，都流行穿上带有东方特色的服饰，仿佛宣扬后殖民时代标新立异之权利的圣徒。还有南斯拉夫战争期间兴起的那些帮助巴尔干人宣扬巴尔干化的文化产品。那是南斯拉夫电影人、流行音乐人、艺术家与作家打入全球市场的鼎盛时期，因为他们的作品全都迎合了人们对巴尔干人野蛮而嗜血的刻板印象。抨击刻板印象，认为它是一种媚俗的人，很难不被诟病政治不正确。

大众文化

如今大众文化的价值，与共产主义时期欣欣向荣的业余文化的价值极为相似，都有很大的群众教育意义。

市场基于民主的预设之上，不仅欢迎所有人来消费，也欢迎所有人来创造。虽然共产主义时期的业余文化热很快消退并让位给专业文化（先不管什么是专业文化），但当代的大众文化热，却因其能带来巨大利润而长盛不衰。

市场源源不断地生产着完美的全球化产品。大众文化产品不仅不消解刻板印象，反而对其进行强化与宣传。即使是本身有其价值与独特性的产品，市场也要找一个合适的刻板印象去包装它。从这个角度说，市场在包装一部日本好电影时，与它包装日本寿司的思路是一样的。故此，全球市场就变成了一个传播与发扬刻板印象的地方。日本主流文化产品带动了韩国主流文化产品，韩国又带动中国台湾。文化菜单越来越厚，其内核却依旧单薄。

以美国电视节目为例，它包罗各种情景剧，适合美国社会中不同人种（中国人、韩国人、波多黎各人、古巴人、黑人）、不同职业（学生、医生、律师）、不同阶层、不同性取向、不同年龄、不同性别的各种群体与亚群体观看。为满足新兴群体消费者，大众文化市场以极高的效率不断拓展着自己的内容。但它始终不曾忘本：大众文化主张民主（人人可得），它必须有某种教育意义（比如同性性向的情景剧必须在教育同性性向者之余，安抚大部分非同性性向的观众），它必须符合道德，简而言之，就是永远不许攻击人类社会基本的价值观（家庭、宗教、民族、人种、国家等）。

全球文化产品让我想到配有大量图片的儿童百科全书，这种书我小时候有一本，叫《我们身边的世界》。儿童百科全书就是人人喜闻乐见、有教育意义并且符合道德的。我常常觉得那里面的世界也许跳了出来，幻化成了电视里、大街上、超市中、礼品店内、旅游局里真实的生活。我与全球化的第一次接触发生在儿童时期。如今的这个版本，至少从文化上来说，依旧单薄，没有长进。

本土的与全球的

本土与全球的两极分化，是全球化意识形态玩得最多的概念。本土（一国、一族、一地）概念捍卫多样化的权利，这与大有统一一切差异之威势的全球化背道而驰。而在实践中，本土的利益操纵者常常假借保卫国货、保卫民族产品之名，行操纵地方经济之实。任何不肯苟同这种对本土与全球关系之曲解的人，为求自由，都只有全球化这一条路可走。

我在家乡就曾经历过以文化之名销毁文化、销毁塑像与书籍、审查擦除文化记忆的事实。此后当我面临留在本土与走向全球的选择时，我义无反顾地选择了后者。虽然全球化艺术交流的方式是错误的，是失聪的，是残缺的（难道本土环境的交流就完整？），虽然在那里会遇到歧视（难道国内没有歧视？），虽然它剥夺了我的发言权（难道国内就有发言权？），虽然我的小说别人读起来会觉得像《管道修理手册》[①]，虽然我在一个美国情景剧中曾听到这样的台词："我不知道呢，我得问问我的保洁阿姨，她有博

---

① 我曾在《纽约书评》中读到一篇书评，评价小说的叙事技巧时文章写道："小说的叙事力度仿佛东欧下水管中的流水，时而喷涌、时而阻滞，来去皆突然。"——原注

士学位，是保加利亚人……"（这种话我经常听到），但我对本土的恐惧，胜过了我对全球的怀疑。假设我们接受本土与全球存在对立的关系，那么既然我在本土受过巨大的伤害，全球当然就自动得分，占了上位。

展品化

文化爱好者有理由说，美国电影产业已将欧洲小片厂逼入绝境。然而，一些欧洲小片厂实际上在美国电影产业入侵前就已自绝了生路。

比如萨格勒布。萨格勒布有一个很有名的动画电影学校，培养过许多知名画师，且因学校本身的名气响，曾一度吸引业内各国艺术家前来聚会。诚然，该校的衰败早有苗头，但其主要原因还是克罗地亚在所谓的民族同质化运动所形成的僵化的民族文化环境中对文化进行种族清洗造成的。最近有个美国制片人出了一套收录东欧动画电影的碟片，其中一张就有萨格勒布这个学校制作的电影。多亏有电脑技术，一小撮欧洲文化，由美国人保留了下来。

多亏技术与技术背后意识形态的支撑，全球化展开了对小众文化的保存与编收。但被编收的文化就是文化的全部吗？无论这是不是假借关怀文化之名所做的商业活动，其结果都是一样的：曾濒临灭绝的，现在获救了。而且一般而言，对小众文化进行保存与编收，不是也不可能是一种商业行为。只消去哈佛大学的怀德纳图书馆看一看便知：即便是马其顿、克罗地亚、波斯尼亚、塞尔维亚最不知名的作家的作品，此处都有。这些作家本国的文学环境早就忘了他们的存在，他们自己的图书馆里也早已见不到他们的书，也许连他们自己都不记得自己出版过一两本书这回事了。而在怀德纳图书馆中，它们不仅依旧存在着，不仅将在书架上安度一生，而且更重要的是：它们每一本都是原版，都是以自己被书写、被第一次发表时的样子保存下来的。

关上，打开

当我们考量艺术这类概念时，我们通常不讨论其自身的定义。然而，在观念极尽分化的今天，就连艺术的定义也不再是不言而喻的了。后殖民理论唤起了对他者（亚洲人、非洲人、阿尔巴尼亚人、澳大利亚原住民）的身份、文化、价值体系与美学标准的关注。他者要求自己的位置得到重新诠释，要求去除刻板印象，要求去殖民化，要求权利与权力的平等。他者之所以要求重新定义殖民者与被殖民者之间的关系，说明他们认为殖民者的身份是稳定不变的。其实这不尽然。在当今美国大众文化一家独大的语境中，西欧文化———一支数百年来坚不可摧的文化列强———自己也已经变成了被保存与编收为展品的对象，尽管展览规模要比印度手工艺或非洲面具要大和全面得多。

那么现在的艺术变成什么样了？杜尚为讥讽而作的破坏性作品，几十年来依旧以各种形式活跃于艺术市场，依旧传达着同一个内涵。西欧美学学派一直没有从几十年前的重创中恢复。全球市场中的观念又纷繁复杂，文化身份的不同，导致艺术的状态与作用不同，那么我们在使用艺术一词时，是否明确地知道自己所指的究竟是什么？还是说我们只是在往一件新事物上贴旧标签？

市场是当代的殖民者。一切反抗它都能够消除，一切批判它都早有预料，甚至表示欢迎，还能利用批判去创造利润。它用我们自己的价值观———无论我们追求的是身份认同、民族特性、特立独行之权利还是其他一些什么———对我们进行潜移默化的殖民。在金钱、媒体大佬、传媒集团、垄断式分销链与市场原教旨主义的威逼利诱下，很难想象一个人能够做出多么有效的抵抗。

当然，用以金钱制衡金钱的办法可以恢复一点平衡，但这又牵涉到金主偏爱哪一种文化的问题。欧洲的官方文化机构，一旦事关代表性文化或曰具有代表性的文化（比如在欧洲性、欧洲文化标准、地区文化与语种保护等），就会不遗余力伸出援手。无数机构、活动、会议、基金会、非政府组织、文化经理人在推广文化的同时，也以文化养家肥己，并将文化官僚主义化。在这样的文化环境中，反抗亦是很难存在的。

但是，干脆把文化关上也不是一个行之有效的办法。尼尔·波兹曼曾在《娱乐至死》中写过一个康涅狄格州法明顿小镇镇民抵抗电视媒体的故事。当地的图书馆举办了一个为期一个月的关上你的电视活动。镇民们纷纷配合。某巴布考克太太在策划第二届抵抗电视运动时，发表了如下声明："今年我们活动的媒体播报相当精彩，但不知道活动的意义还有没有去年那么大。"

那些彻底放弃的人们说，我们正在经历的是一个时代的葬礼，那个时代悠长而丰盛，曾出现过一种叫作艺术的现象。让·鲍德里亚曾说："艺术之死，不是因为艺术消失，而是因为艺术太多。"

那些感到了艺术概念的崩坏，但认为一切尚有补救希望的人，则面临一项艰巨的任务。在全球化纷繁复杂且自相矛盾的结构里，乐观主义者们不仅需要再次明确艺术的定义，且要重新建立一个经得起推敲的美学评价体系。他们必须为艺术市场的净化、为全球美学世界的梳理、为一种堪称跨民族的全新文化的表达争取空间与机会。他们当然也可以拒绝一切，重新回到旧有的乌托邦中去，这样倒也能在那些被视作浪漫主义者、疯子、不良分子的文化创造者——如果他们同意赫列勃尼科夫八十年前提出的文化参与者分创造者与消费者的理论的话——的头顶，重建起一片遮风挡雨的屋顶。而这片屋顶，正是他们业已失去的庇护。

噪 音

在习惯于思辨、批判的文化土壤里，上述一切皆有实现的可能。然而我们今天所处的文化环境崇尚避免冲突，因此，对话的文化被放逐到了边缘之地，取而代之的是一种独白（或自恋）的文化，已经在包括知识领域在内的各种社会领域牢牢站稳了脚跟。沟通这一全球化幻觉，虽然本应是一种对话，其实践却一直以独白的形式开展。简而言之，每个人都急于向世界输出自己，自我推销已经成了一种社会惯例。艺术或思想行为常常只是一种自我推销的形式。身处全球市场中，我们每个人其实都是推销员，虽然有时看起来并非如此。每个人都自觉自动地高举起自己的名片，想要自己的声音被别人听见，虽然实际上并没有什么可以说的。无论是在传统还是当代领域，不同文化文本之间都不再有沟通，不再建立联系，不再相互对峙，也不再相互支持，每一个文本都在独自传播，即使它们实际上就像豆荚中的两颗豆一样相似。

各大精神导师的话——诸如上师的世上万千花朵,其色缤纷,无穷无尽,或麦当娜的译本,表达你自己,而非压抑你自己——都被解放后的大众风若圭臬。在全球化的世界里,个体感受到了前所未有的渺小,故此都争相吹响自己的号角,无人再肯倾听他人。他们说,倾听即是任人主宰。言说则能实现个人自由,并帮助自己主宰那些愿意被主宰的人。

全球化喧闹得难以言喻。在这样的噪音中,即使是职责包含耐心与怜悯的天使,大概也要用棉球塞上耳朵。而好品味的人唯一能审的美,也许只剩下寂静。

噪音即乐音

当然,这只是一种看待事物的方式。公元2000论坛(Forum 2000)在布拉格举办的全球化会议上,音乐家彼得·盖布瑞尔谈到了当时刚起步、如今已广为流传的世界音乐。他去过非洲,说那里的人沟通不靠语言,靠的是声音。盖布瑞尔说:"我们一起打鼓。一起嬉闹。"

许多人认为全球文化本质上是一种后民族主义文化,是鱼龙混杂的混血文化。某些人说全球文化无中心,但多数人相信,至少目前来说,美国是全球文化最强大的生产者与调度人。弗雷德里克·杰姆逊在《全球化的文化》中认为，欧洲这一辉煌过去的璀璨博物馆到底还是无力发展出属于自己的大众文化产品。现代主义之死标志着欧洲文化艺术霸权的终结。杰姆逊还认为，即使如今再提炼出一个新欧洲文化体系，也无法与美国的霸主地位制衡。曾经的社会主义国家也同样面临无法成功原创出属于自己的文化的问题。只有包裹在原教旨主义中的木乃伊化的文明，成功地抵御了全面美国化的趋势。杰姆逊还确信，即使有科技与财力的加持（比如日本），也无法确保自己的文化能与处在主导地位的美国文化平起平坐。

如果上述一切属实，如果问题的重点不在于金钱与技术，那么美国文化究竟为什么如此受世界各地的青睐？对此，阿尔君·阿帕杜莱在《消散的现代性》中写道："美国是个极其适合做文化试验的地方，其文化产品的发行、流通与引进都极为自由，且有移民带来的多样化环境供其采撷制造文化产品的各种材料进行测试。某种意义上，这个试验已经开始。美国的这场令人目眩神迷的大型车库甩卖，已经向全世界敞开了大门。日本人去那里打高尔夫、投资房产；欧洲与印度学它的商业管理与技术；巴西和中东借鉴它的肥皂剧；南斯拉夫在这里认领到各自的总理；波兰、俄罗斯等国学它的供给经济学；韩国学它的基督教基要主义……"

全球化文化在美国找到了与自己的意识形态最为匹配

的理想之家。美国已然是全球化世界、后民族主义时代、五方杂居之所、混血文化之家的代名词，代表着名利光鲜的文化，同时也见证着各种新兴思想的诞生；它象征着活力、速度、技术与未来；总之，它就是现代的化身。美国不仅是文化的理想国，也是一切反抗思潮的理想国，它既鼓励崇拜，也允许商榷。它善于引发文化、潮流、风格的战争。它是人人向往的生活方式。在美国逐渐韩国化、西班牙化、俄罗斯化、日本化、越南化、古巴化的同时，整个世界都在美国化。换言之，无论我们是否愿意，我们都是美国化的。美国化的我们共同制造着全球化的噪音。

提到噪音，说了这么多以后，我已不能肯定那些天使究竟会在耳朵里塞什么了。也许不是棉球；也许是耳机。

2000 年

作家与他的未来

一个作家决定写未来,等于自愿承担有朝一日贻笑大方的风险,而且还不是普通的贻笑大方。预言未来是一件吃力不讨好的事。即使预测准确,作者也不会感到满足,因为那时候他可能已经死了,可能已无人问津,更可能二者皆然。在普世价值的层级表上,当下总是处在第一位,过去紧随其后,未来是最后也是最不重要的一个。故此,正经的读书人,不爱读未来。

在所有令未来蒙羞的事物中,乌托邦首当其冲,且像所有预言一样,它的结果也事与愿违。独裁者、不法之徒以及各种领导人所犯的最十恶不赦的罪行,恰恰都以未来为名。

如今,在乌托邦体系与战争(他们说就在此时,世界上正发生着一百余起大大小小的战争)的双重废墟中,未来似乎已不可见,尤其是光明的未来。

未来已不存在于我们之中。我们那代人都相信人类可以飞上月球。登月成功相当于给全球人类打了一针兴奋剂，对我们来说是前所未有的震撼。万众的眼睛突然转向星河，去到星辰大海似乎指日可待。但就像塔罗牌一样，首次登月的图景也有它倒过来的那张牌：人类展开了去另一个星球上生活的乌托邦式畅想，但随之而来的却是这一畅想具有讽刺意味的另一面。美国一家丧葬代理公司向客户保证，他们死后，公司将携骨灰盒去到太空，将他们的骨灰撒入星辰。登月、星际移民、冷冻身体并在某个未知的未来复活，这些未来主义项目一一诗意谢幕，化作了星辰中的飞灰。

我曾相信终有一天自己能买张票就去到月球。不仅如此，我的整个社会主义童年都充满了对光明未来的信仰。在未来，白种人、黄种人、黑种人会成为兄弟姐妹。人人有鞋穿、有饭吃。世间不再有压迫。每个人都尽自己所能劳动、按各自需要索取。地球没有国界，人人幸福快乐。

我成长于一个有过许多第一次的年代。我记得自己见到并郑重吃下的第一个橘子。记得我生命中的第一台冰箱，第一台电视。每个第一次都更巩固了我们对光明未来指日可待的信仰。

有人曾说，未来是尚未发生的过去。但我的未来已在眼前。白种人、黄种人、黑种人并没有成为兄弟姐妹。还是有人没饭吃，而且按照一些未来学家的说法，有饭吃的人会越来越少。我的祖国说好再也没有战争，却又掀起了战争。国界划分依然严格，有些国家甚至搞得比过去任何时候都更严格。一些墙推倒了，另一些墙又竖了起来。看不出人类哪里比过去活得更幸福。技术进步导致林木从我们眼前逐渐消失，沙漠悄然蔓延。为此我们创造了新的名词，去对它们进行描述：去林木化、沙漠化。

在伟大的乌托邦与全球化之外，未来依旧活在它熟悉的世界里。首先是亚文化的世界：科幻片、动画片与科幻文学。我不是科幻行家，无法鉴定那里呈现出的未来是否更好。但至少从表面看，除了童话中的全球修理工超人以外，通俗文化并没有给我们提供多少安慰。另一方面，未来依旧活在只对专家开放的高精尖领域里。专门研究未来的医学工作者认为，我们正活在一个后人类的时代，改变很快就会发生。比如，芯片将被植入人类的大脑，帮助提高我们的精神性能。另外，未来学家对未来人类的基本代步工具进行了预言，认为它将不是我们曾向往的私人飞行器，而是自行车。至于在经过精神扩容的后人类时代，人将会怎样骑自行车，这个问题的答案还是留待未来学家去探究吧。

过去五十余年里，一个普通人身上究竟发生了什么实质性的改变呢？首先，人的寿命延长了，至少我们听到的是这样，但人的死亡率也更高了。人的生活节奏更快，交流速度达到了难以想象的迅捷。从俨然奇迹的传真机时代跃升到数字空间，这之间只花了一两年。我们是否在不经意间已经活在一个令人眼花缭乱的庞大的乌托邦里了？

战胜时空的代价，是我们对时间的感受力变得迟滞。过去的数百年变得模糊不清。人们甚至无法理清各自生活的轨迹。虽有日历、劳力士表，却轻易就忘了前一天午餐的内容。也许正是因为缺乏跟踪时间轴的能力，我们对未来的想象也只局限在了一些鸡毛蒜皮的事上：未来只是成年人的童话。也许上帝造人时搞砸了，忘了在我们脑中放上用来理解时间的那块极为重要的芯片，于是我们脑中原应安装芯片的地方只留下了一片漠然的空白。我们唯一的对策便只有繁殖。繁殖成了我们理解时间的工具：我不在了，还有我的孩子。或者我的克隆体。

让我们也给文学算个命，看看塔罗牌会怎么说。让我们看看，未来文学会有什么样的命运。反正我们眼下也闲着没事，而且说到底，这本书本来就是讲文学的。

塔罗牌说，未来世界，文学将不存在。或至少，文学将面目全非。假设我们像科学家所说的那样，已经站在了后人类时代的门槛上，那么包括文学在内的所有人类活动，也都会变成一种后人类活动。再说，如今文学的形式早已变更：光盘、互动电脑游戏、超文本文件都是它的载体。艾尔文·克南在饱受争议的《文学之死》中写道：

"即使文学已死,文学活动的继续也不会受到影响,甚至可能更繁荣。"那时传统型作家将逐一消失,就像修伞匠一样。真文学将成稀世珍品,因为当代没有人见过,就像当代没有人见过黑死病和床虱一样。

但现实果真如此吗?今天的文学生活似乎正呈现出与之相反的态势。书籍出版愈发繁荣,装帧愈发精致,书店愈发引人驻足,作家也从未像现在这样能够红透全球。那么,我还为什么要在这里无病呻吟?

有人曾问罗伯特·米彻姆,作为电影明星如何看待自己,他说:"我没有如何看待自己,尤其当我知道了任丁丁也是电影明星以后。"今天,如果我去问一个作家如何看待自己,他也可能会说:"我没有如何看待自己,任丁丁如果活到今天,它的回忆录肯定也是最佳畅销书。"

就像很多人类活动一样,文学已不再属于一小撮人。这一变化是悄无声息的,其原因有很多。其中之一比如,曾以各种形式——高等学府、学院、学校、文学研究活动、文学研究院、文学档案室——为文学提供保护的国立机构,已逐渐失去它们的重要性。对于制度限制的消失(无论是政治层面的、国家层面的、宗教层面的、意识形态层面的,还是文学传统层面的),作家们早晚都只能表示欢迎。在他们面前,一个无所谓意识形态的庞大市场打开了自己的大门,其中充满了对平等的文学角逐的热情与信仰(祝愿最棒的作家成为最后的赢家!),他们只好接受了这样的市场。虽然他们也预见到了一个问题:一个没有意识形态制约的市场,本身即将变为意识形态。就像埃里克·巴诺在《传媒与集团》中写的那样:"商业已成为世界唯一的内容。市场学就是政治学,办公室就是社会,品牌与人类身份之间基本可画等号。"

矛盾的是,文学虽已不属特权阶级,却享受到了比过去更多的特权。不是每个人都会做手术、搞数学或者弹钢琴,但出书这件事,每个人都能做,这就是为什么文学市场里一下子涌进了许多人。文学就这样变成了每个人都能获取的通往永恒的通行证,变成了进入天选之子圈子的门票。转眼间,我们进入了一个人人有话语权而无人愿意倾听的时代。

三十年前,市场角逐还遵守级别:初级者与初级者角逐,高级者与高级者角逐。现在这场艰辛的市场马拉松同时接纳所有人入场竞跑。三十年前,文学还有高下之分,读者皆各取所需。高雅文学有它的崇拜者,通俗文学亦然。高雅文学像一位有礼貌的老妇人,率先向通俗文学伸出了她的手。虽然通俗文学的脍炙人口着实令人惊叹,但她对自己在文学价值上的至高地位是有信心的,她开始与通俗文学交好,吸收它的章法,模仿它的形制,继续自信满满地展现着自己的风采。彼时的高雅文学还受到诸多庇护：强大的文学理论、蓬勃发展的文本分析学院、高等学府里的文学系、吹毛求疵的批评家、大部头杂志上连篇累牍的文学研究、品味在线的权威人士、严肃而受人尊重的编辑和独立出版人。今天，大部头文学杂志消失了，严肃的编辑因为过于严肃而失业，文学不再是受人敬仰的学问，书籍已沦为出版行业的一件商品，被分为卖得动的和卖不动的。批评、文学理论和文学史都变异为文化研究，不难想象，今后高等学府除了教文学史，很快也会开设文学市场营销课——既然文化管理课都已经有了嘛。文学这一概念已被消解，正逐步让位于书籍。

高雅文学与通俗文学不仅取消了分野，这两个过时的提法现在也越来越少有人知。一个致力于所谓严肃文学的文人已没有生存环境；他所面向的读者的脸，在他眼前变得越来越模糊；人们似乎已听不懂他说的话，他只好调整自己的语言，好让大家能明白。更有甚者，许多搞严肃文学的人已开始相信，他们的价值的确该由他们作品的市场渗透力来衡量。读者对此也毫不怀疑。出版人则狂热地用行动鼓舞着这种信念。

与此同时，通俗文学自身也发生了变异，并逐渐开始攫取曾经属于高雅文学的特权。正像高雅文学借鉴通俗文学的手法一样，通俗文学也偷来了许多高雅文学的用语，用它的光华装饰自己的门面。大众文化从不放过任何一个援引高雅文学的机会。通俗文学已渗透进象牙塔内部，出现在了高等学府的教材里，文学品评人被打成精英主义的无名之辈，独立出版人被迫改行，表面光鲜的书籍推荐与报章广告取代了卖相乏味的杂志与严肃研究，大师与推广人纷纷被拉进通俗文学阵营。与之共进退的大众文化也变异成一种折中文化，表面尊重高雅文化标准，实则对其进行瓦解与庸俗化。（理查德·桑内特）而这并不难。因为能辨真伪的人越来越少了。而尚能辨别的人，谁又愿意去打一场注定要输的战役呢？即使有愿意者，媒体也不会给他们空间，因为媒体的空间是保留给那些卖得动或至少可能卖得动的东西的。再说，真伪之别长期以来已经不再引起知识分子的兴趣，就像美学价值体系的那些过时的词汇一样。因为说到底，什么是美学价值？它的定义完全取决于定义它的人与事物。有一个口号则信誓旦旦地说：金钱定义品味。

身份政治在西方学派之文学美学传统体系的分崩离析中也尽了一份力。文学表达的多样化取代了曾占垄断地位的表达标准。女性文学找到了自己的尊严，创造了属于女性的研究、针对女性的文史读物、由女性解读的传统文学文本，它重新进入了文学的世界，宣告了女性的文学品味可以不同，女作家的通俗文学作品重新得到评估，女性读者成为市场中一支强大的消费群体。非裔美籍文学也同样创建了只属于自己的机构、研究、评论与受众，丰富了文学市场。索尔·贝娄曾说："当祖鲁人有了自己的托尔斯泰时，或许我也会读读他们的书。"今天再说出这样的话来，很难想象不被义正词严地斥为文化沙文主义。

越来越全球化的文学市场中，一切应有尽有：蒙古文学，特立尼达文学，移民文学，少数民族文学，面向各种性向与小群体的文学兼顾着波斯尼亚人与犹太裔。曾将文学去性别化的冰冷的文本分析学院已无人问津，取而代之的，是对各种他者的文学表示欢迎的热情环境。市场一视同仁，任何人都能找到自己的听众。

但这是否意味着时代在个体的独立表达上进步了呢（鉴于个体的独立表达恰应是所有艺术文学文本生成的前提）？是否可以说因为许多个个体都在发声，文学就变得更丰富了呢？个体的发言是否比过去更个人化了呢？文学手法是否更多样、更丰富，视角是否更独特了呢？

仅就表象来说，现实恰恰相反。真正属于个人的声音越来越少了。所有声音和文本，都在寻找进入市场的时机，以便能跻身市场中属于自己狭小的空间，因为时机是进入市场的密码。作家为了被听见，有意无意地将自己的声音调整到当下能够满足市场与潜在读者之需要的频段。即使他没有自觉，即使他拒绝承认，语言向市场转型的事的确在市场内、在签售会、在读书会等各处发生，这不由他左右。于是乎，本来为他者争取到的保持真我的发声权，现在像一支回旋镖，飞转回来扎在了文人与他自己的文本上。

即使能逃过此劫，文人还会落入另一个陷阱。今天文人身上的标签比以往任何时候都多。这些标签决定了他在文学市场中的位置，也决定了他与他的读者之间能够建立起怎样的桥梁。诚然，将书籍贴上各种身份标签，的确可以起到简化市场交流的作用，但这些标签很大程度上会对文本意义造成伤害，使意义弱化、贫瘠化，甚至直接毁掉文本意义。如今读文学文本，人人心里都装着一个尺度，规定了这文本究竟属于性别文学、种族文学、民族文学、少数民族文学、文化文学、性爱文学还是政治文学。同样使文学文本意义受到伤害的还有市场以书籍的类型而非价值来分类将书籍当作简单的商品来贩售的做法：米兰·昆德拉的《玩笑》被分配在幽默书区；哲尔吉·康拉德的《花园中的盛宴》则被当作园艺书在卖。

面对缺失价值体系的市场，有志于所谓高雅文学的当代作家难免感到困惑，读者就更迷茫了。文学教授、文学评论家、知识分子等支持传统价值体系的人被驱赶后，他们所留下的空白并没有白白地空着。它被从奥普拉·温弗瑞到亚马逊网这样势力强大又蛊惑人心的名人与机构所占据，也被各种各样的销售平台所占据：市场部的人对一份书稿感到满意，成了对一个编辑的最高褒奖；编辑（以及越来越多的作家）提到这些神秘的市场部的人时，俨然像是在谈论诺奖委员会。另外，与那些永远顾虑重重的知识分子不同，市场在评说他人时毫无顾虑，市场的广告语充满恣意的主观评论，极尽诱导之能事。随便一件商品，就可以胡乱赞其真美啊。

市场的行为准则，规定了它永远不可能做出颠覆性的事，它所做的不是摧毁经典美学，而是整合它、让它为己所用。书籍、书籍推荐、文学评论（越来越像加长版书籍推荐）中充斥着大量类似完美融合了贝克特与大仲马、堪比卡夫卡、普鲁斯特看了都会妒忌这样对经典人物的提及。但这种与旧日体系看齐的小伎俩，不过是为了服务市场中的相对主义。近来的一则广告用电脑合成了达·芬奇、伦勃朗与图卢兹－洛特雷克，让他们开开心心地开着奔驰车，从而将达·芬奇之于艺术领域的价值与梅赛德斯之于汽车产业的价值聪明地联系在了一起。再举一个略为逊色的例子，有一个已然成名的色情小说作家，在电视访谈里自我推荐时说："我跟翁贝托·艾柯没有什么区别，我们都是各自领域的佼佼者。"

而一个搞所谓严肃文学的作家则活得像地下工作者。他掩藏自己的文学抱负与文学品味，因为害怕别人说他精英主义。这种事真实地在发生着。案头摆着纳博科夫照片的文学老古董们,随时都在受着那些越来越受追捧的大众文化推广者、那些狂热于数字世界的网民、那些文化的乐观主义者与那些坚决反对精英主义的人的抨击。当然,由于纳博科夫也已被市场收编为一个标签(代表着反垃圾的、真正的精英文学),品味高尚的老古董们已经不在案头摆他的照片了。任何一种负面评价都能被狡黠的市场拿过来营利。市场才是决定潮流与文学品味的主宰,所有保守主义、精英主义与文学悲观主义都要靠边站。假设有一天,市场突然决定把穆齐尔的《没有个性的人》炒成全球畅销书,也断没有不成功的道理。

在一个写作、出版、阅读空前繁盛的时代,作家与读者反而成了最孤单也最濒危的物种,萨尔曼·拉什迪写道:"读者在垃圾小说的雨林中举步维艰,满目是装饰着缺乏根据的溢美之词的书籍,他们丧失了真诚,他们放弃了。他们赶紧买上两本获奖作品,或再加上一两本自己认识的作家写的书,然后匆匆逃离。过度出版与过度推广让人疲于阅读。这不是小说太多、读者太少的问题,而是太多的小说把读者吓跑了的问题。"

雷·布拉德伯里曾在《华氏451度》中写过一个反乌托邦的世界。那个世界依靠药物与电视获得幸福与安定,在那个世界中,书籍是禁止的,到处是烧书的人。与之相反,我们的社会满是光鲜亮丽的商场,推广书籍的广告语像可口可乐广告语那样催人掏钱，在我们的社会里，人们只要敲敲键盘就能获得书讯、购买书籍。但有时，我还是觉得我们仿佛活在那个《华氏451度》的世界里，只不过表象是相反的。

那么，在艺术终结之后，留给作家的还剩什么呢？

他可以逆潮流而行，坚决捍卫高雅文学的价值。因为"文学不是教育机构。文学假想的读者必须比作者更渊博。这样的读者是否真实存在并不是文学需要考虑的事。作者在写作时，面对的读者应该比自己知道的更多；他须自我塑造为一个所知更多的人，才好符合那个比他知道的更多的读者。从目前这种只可能越来越糟的状况看，文学除了树立屏障、保持遗世独立，再没有别的出路"。伊塔洛·卡尔维诺在《假想的书架，或我们为谁写作》中如是说。

他可以在现下的文化狂欢里放任自流，加入跨民族文化丰富的网络，成为这个飞速发展的，脱离了历史、殖民、民族、国家、艺术、人文、文学概念的，各文化疯狂跨界的后现代社会中的一员。

他可以安慰自己说，某些物种之所以灭绝并非环境对它有什么敌意，而只是它自己的生理机制有问题。据说熊猫濒危最主要的原因是它们用来嚼竹子的时间太长，没有时间繁衍后代。文人就像熊猫：他周遭世界的节奏越来越快,内容越来越复杂,可他的语言太慢了。再说,文人的受众也不再是那个坐在扶手椅中、沉浸在书本里的人了。如今的读者时刻在移动:也许在飞机上阅读,也许戴着耳机在健身房听,又或许开着车听。

文人还可以利用他们早已被昭告天下的死讯来玩一次有价值的行为艺术,他们可以去找那个文章一开始提到的丧葬代理。现在就开始支付丧葬费,并怀着虔诚之心,想象自己的骨灰被撒入星辰。就连我这个专业编故事的人,都想不出一个更诗意更圆满的结尾了。

2000 年

尾 声

　　事故这个东西很有趣,不出事时,你总以为永远不会出事。

第七颗螺丝钉

任何经历过彻底翻修房子的人都明白,一切都掌握在工人手里。工人是我们的天敌。他们存世的唯一目的是让我们的生活更艰难,让我们负债,下跪,衬得我们一文不值,让我们明白我们的家并不是我们的,而我们所知的一切也都毫无价值。斯拉夫俗谚有云:头脑定规矩,身体搬石头。大意是每样东西都得各司其职。但这话不对。能搬得动石头的人,无论是谁,都能定规矩。

第一个来我家的工人叫弗兰克,是个荷兰人。弗兰克只花了两天就把所有该拆的东西都拆了、该毁的东西都毁了,并拿走了所有该扔的东西。如今想来,弗兰克是我的守护天使,他隐瞒了天使的身份,只收一点小钱就帮了我一个大忙。但他同时也是各种制度的敌人:国籍、军籍、家庭、证件、居所这些东西他一概没有。他没有信用卡,没有银行账户,没有电话号码,没有传真号码,没有地址——可一个天使又何需这些劳什子!即使奇迹发生,他竟然读到了我写的这几行字,也一定是在喜马拉雅山、安第斯山之类的地方读到的。弗兰克曾告诉过我,他觉得自己就像一个身处高空的人。

继弗兰克之后,本带着宝拉与洪萨一起来了。

洪萨是捷克人,身形高大,足有七英尺,主张息事宁人,时不时来一次阿姆斯特丹,赚几个非法的荷兰盾。

"赫拉巴尔?哈谢克?还是恰佩克?"我向洪萨伸出手时,傻乎乎地问。

"哈谢克!"他立即答道。

宝拉女士特别壮实,长着软软的唇髭。年轻时开过卡车,酷爱重型机车,曾屡次同美国机车爱好者一起从纽约骑到洛杉矶。

本则是电工,且精通自己的手艺。除了爱搞电气外,他对奇怪的人怀着一份特别的好感。这些奇怪的人通常都比他更高更壮。这是我后来认识了本的女朋友以后知道的。

罗伊是谁替我找来的我已经不记得了。他与跟我同是克罗地亚人的尼基和达弗尔同期出现在我的生活里。尼基是个影迷。与罗伊这位来自布鲁克林的美籍意大利人一起工作,叫他十分激动,其程度无异于同罗伯特·德·尼罗一起刷墙。罗伊还酷爱帆船,这也让尼基着迷。罗伊身上总带着一本目录,上面列着各种型号的帆船和它们的价格。达弗尔也没去过美国。所以罗伊轻而易举就点燃了两人的想象力。罗伊是木匠，尼基与达弗尔则从刷墙到铺瓷砖什么都干。

一开始我对罗伊不太信任。他报的时薪是我给尼基和达弗尔的两倍。此人诡计多端，一心想着赚钱，浑身上下没有一处老实的地方。但当时工人很难找。而尼基与达弗尔又都一力保举他。

到了傍晚，大家随便弄了点饭吃，拿出一两瓶酒喝，有关罗伊生活的一些噩梦般混乱的细节才浮出了水面。

据说他来阿姆斯特丹已经一年了。留下来是为了一个荷兰女孩。他在美国做的是工程承包，曾数次赚到百万美元，但一次都没守住。他说在美国赚到一百万很容易，但守住却很难。他曾钞票成堆，像个国王。他曾为美国的有钱人装修房子，见过各种世面。

他曾有一妻一儿。他经常给儿子打电话。但跟他真正亲近的只有他妹妹。他妹妹也组建了家庭，有两个孩子，和一个酒鬼丈夫。再苦的生活，他妹妹都能熬得住。

他们的母亲年轻时是如假包换的美人。曾当过时装模特。生罗伊和他妹妹时还很年轻。以前有些人会误以为他母亲是他女朋友，因为那时候她看起来完全不老。他们的父亲没什么好说的，他是个暴君，是头猪。他们的母亲离开了他，嫁给了史蒂夫，史蒂夫叔叔很有钱。他现在已经离开人世了。他的母亲也已经坐轮椅了。只要去母亲那里,就是罗伊照顾她。

其他人也都靠罗伊照顾,也都是罗伊肩上的重担。包括他前妻,一个十足的婊子。她与他队上的一个工人被他捉奸在床。这工人是个黑人。他们两个联合起来想杀了他,接手他的生意。他差点儿就没命了。子弹只差一英寸就打到他脊椎了。这就是为什么他的头发都花白了。

欧洲不错,但他绝不会永远留在这里。那个荷兰女孩还小,还不知道自己要什么。他知道她只是喜欢跟他上床。

他在意大利有亲戚,是黑手党,这是自然的,因为意大利没有人不是黑手党。他不会说意大利语,但依然觉得自己是意大利人。不过他更喜欢法国,他在那里也待过一阵子。

他的妹妹是他唯一的依靠。他们,他和他的妹妹,他们一起计划未来。这些计划都很大。他们要举家搬到蒙大拿州,在那里造一幢房子,永远住在一起。他妹妹都计划好了,他们要养马为生。再说几年后会发一场洪水,美国会从地球表面消失,他妹妹跟知情的人打听得很清楚,只有蒙大拿州能幸免于难。

他的一生比小说还精彩。只要写下来就一定会大卖。谁知道呢,也许有一天他自己就会提起笔。也许是在蒙大拿州的农场上,那时候他肯定更老了。他以前读书时在学校写作文还获过奖。

没过多久,罗伊变得越来越叫我紧张。他傲慢,仿佛自己是被迫劳动的王子,他脾气大,情绪多变,他以难以想象的速度,用他情感的暴风雨裹挟了我们,仿佛我们自己没有情感似的。

有一回,我看到他手里拿着一把吉他。正在为尼基与达弗尔弹唱一首据说是为我而作的歌曲。我为这场表演付给罗伊许多钱。因为他以小时计费。从此罗伊越来越多地怠工,竟至无法完成自己开了个头的那些工作。他在厅里铺瓷砖,才铺了三块就跑到厨房去刷墙。刷了一半又去干别的。他开始越来越严重地迟到和早退。他要求工资日结,有时甚至要求预支。只要我稍有微词,他就会觉得我在针对他。一切小事都会让他觉得别人在针对自己。

有几次,他任由自己对我们絮絮叨叨地诉苦:每个人都利用他,每个人都依赖他,每个人都是他妈的婊子,他妹妹、他母亲、他前妻,为什么她们不放过他,他是这行里的国王,整栋整栋的房子他曾造过好几打,铺过连起来有好几英里的瓷砖管道,他亲手刷过的墙放在一起有整个艾奥瓦州那么大。他眼下就能收拾行李走人。他干的工作像路上的屎一样，哪里都能找到。

我们只好原地不动地听着。我不知该怎么办。甚至有点怕他。

"罗伊让我觉得家里像是有个地雷阵。"我对尼基和达弗尔说。

可达弗尔跟我保证说罗伊手艺好，我的活应该让他干。他说，罗伊做事不紧不慢，有节奏。

一天早晨，罗伊来我家，告诉我们他前一晚上通宵写成了他的小说《七颗螺丝钉》的序章。

"我念给你们听好吗？"他说着，从兜里拿出两页纸。

"念一念有何妨，是吧？"尼基和达弗尔说着都看向我。

那一刻，我正双手很脏地跪在地上，给地砖缝灌浆，这是罗伊前一天留下没干的工作。我登时火冒三丈："七颗螺丝钉？！"还有完没完了！

当时，我是个自由职业者，赚的钱刚够维持生计，装修住房已经让我负上了一笔不知该怎么还的债。我自问究竟在做什么。是不是彻底疯了。几天来我干活干得精疲力竭，一行也写不出，把钱都扔在了一个我连姓什么都不知道的浑蛋身上，图的是什么呢？就为了让他写一本关于他人生的小说吗？这他妈不是噩梦吗？

我站起身，气喘吁吁地从牙缝里挤出一句："你被辞退了，罗伊。"

我当时看起来一定很吓人，因为罗伊一句话也没说，夹着尾巴就走了。尼基、达弗尔和我一起完成了装修工作。罗伊走后我们都松了一口气。连对他表现得最通情达理的达弗尔也不例外。他跟我提过罗伊一两天内就要把房子退了搬去跟他住的事。

装修接近尾声。最后的工序是铺地板。板材已经买好了。但尼基与达弗尔都不会铺。我到处找工匠，打电话跟朋友打听。谁都没有时间。唯一能来的也要到三个月以后。我陷入了绝望。

达弗尔小心翼翼地提议，何不问问罗伊？反正再过几天他就要去法国然后回美国了。我同意了；我别无选择。我要求他们三个在两天内完成工作。

第三天我回到家，地板铺好了。罗伊脸上洋溢着喜悦之色。尼基和达弗尔像打了场胜仗。我又能呼吸了。

罗伊问我，能不能把我的电子邮件告诉他妹妹。当然可以，我说。

"她要是给你写信，请一定告诉她我是个好人，告诉她我铺的地板有多棒。"他语带请求之情。突然我为他感到难过。他看上去仿佛还是个孩子。

第二天早上，虽然已经没有工作，罗伊还是穿着工作穿的溅满油漆的牛仔裤和T恤衫来了。除此之外他还穿了一件剪裁过时的阿玛尼短上衣。

"这样的衣服以前我有好多身,"他指了指短上衣,"几年前,只要我愿意,随便哪个女人都会跟我走。女人们都在我门上挠破了指甲想进来呢。"

此时我第一次注意到原来罗伊还挺好看的。有点像猫王。身量中等,体格强壮,长而密的黑睫毛间嵌着一对绿眼睛,像个娃娃。浓密的黑发里适当点缀着一些灰发。

他又待了一会儿,彻查空房子,看看地钉有没有钉牢。

"挺好的吧?"他看着地板问。

"挺好的。"我说。

"剩下的板材我还能做一个书架……"

此话不假,剩下的板材还有很多,而且我的确还没想到该怎么处理。

那一整天,我都在看罗伊做书架。在刚漆了墙壁、刚铺了油亮的轻木地板的空房子里,阳光从窗外洒进来,罗伊看上去光辉伟大。他一刻不停、全神贯注地工作着。在罗伊那双巧手里,剩余的木料成了一个高雅的书架。

"这是我给房子的礼物!"他拍着胸脯说。

罗伊去巴黎了。他问达弗尔借了两千多个荷兰盾。说好一到美国就安排达弗尔过去。美国是个能赚钱的国家。他罗伊有人,那都是些追风的工匠。哪里有飓风,他们就卷起工具追到哪里。

打扫公寓时，我找到几盘罗伊的卡带（布鲁斯·斯普林斯汀），一本简装惊悚小说，装电表的橱里有几只穿塌了的便鞋。我一股脑儿都扔了。我的邮箱里收到两封罗伊妹妹的信，一封吹嘘蒙大拿州地价与房价的广告以及一则关于美国泰迪熊手工艺网的信息。我记得罗伊说过他妹妹手很巧，会做泰迪熊。我没有回信。我不知道说什么好。

尼基、达弗尔与我还保持着联系。他们经常来看我。我们经常聊到罗伊。达弗尔给我们讲了更多关于他的事。

达弗尔说，罗伊特别喜欢他一个叫史蒂夫的叔叔。这个叔叔是黑手党里一个厉害角色，人脉很广，美国中情局、联邦调查局他都有认识的人，谁知道还有什么别的组织。他私贩可卡因，成吨成吨地私贩。他还伪造了自己的死亡。连罗伊的母亲都不知道真相。史蒂夫叔叔住在墨西哥，当然，使用的是化名，罗伊是唯一知道他在哪里的人。史蒂夫叔叔常把罗伊带在身边。教给他黑手党的生活。有一次，他看见他们把一个老可怜蛋的大脚趾切下来，并绑住他的双手把他吊起来，让他慢慢流血。

罗伊经常听人说纽约码头。水产送去纽约各菜市前，都先在渔船上杀洗。然后渔船开回海上，把鱼内脏倒进深海。至少达弗尔是这么转述的。有时候，鱼内脏里偶尔会混进一具布满弹孔的尸体，也被一起扔进海里。渔民与黑手党之间做着一笔生态交易。罗伊都看见了。他知道得太多,所以处境危险。所以才害怕回美国。美国国税局正在抓他。他欠他们好几万美元。这不算什么,一旦站稳脚跟,他马上还得起。如果他妹妹能给他寄一本跟他长得连相的亲戚的护照,他马上就能站稳脚跟。

达弗尔把这一切都告诉了我们。他的英语不太好,但听起来,罗伊就是这么说的。正如我所言,罗伊是一个一眼看上去就很可疑的人。

罗伊再没有与我们联系。那两千多荷兰盾也没了下文。达弗尔试着给罗伊的妹妹打过一次电话。她的号码是罗伊留下的唯一线索。罗伊的妹妹没等他说完就挂了。

罗伊消失一年后。

罗伊在厕所里用防水木板做了一根假梁,好把难看的管道和自来水总闸遮起来。梁在一个高得够不着的地方。我突然想到自己从来没检查过总闸的确切位置,于是爬梯子上去够了够,在总闸后面,塞着一方纸。

那是罗伊小说《七颗螺丝钉》的头两页——确切说是一页半。罗伊一定是来跟达弗尔和尼基一起铺地板时把它塞在那里的。就好像他既希望我能找到它们,同时又不希望我找到它们一样。除非房子出了问题,需要切断水管总闸,不然的话,谁也不会去看他藏这两页纸的地方。

我坐下来，仔细读起了罗伊的这两页稿纸。

一开始罗伊写道，自己注意到自己正迅速步入中年，希望他的忏悔能为自己与他人在自己身上所犯下的不公做个见证。或许，通过写作，他能够赶走心中日夜折磨自己的恶魔，因为他，罗伊，已经不认识自己了，他究竟是个影子，还是曾经的自己死后留下的鬼呢？他请求读者理解自己将在后文中公布的事，虽然他知道这些事全是诉苦与自怜，因此他不打算为自己讨一个原谅，但请大家原谅那个曾多么希望被爱、被接受的男孩子吧。

后文的故事本应关于那个男孩，关于七个在布鲁克林寻找出路的男孩如何拿走了本不属于他们的东西，关于他们如何亲得像一个人，只有死亡能将他们分开。

小说为什么叫《七颗螺丝钉》？

那是因为其中一个男孩在骨科手术后从腿上取下的钛合金螺丝钉。七颗钉子分别给了七个男孩，七个男孩长成了七个无所畏惧、凶猛彪悍的男人。七颗钉子有着七种不同的命运……

罗伊在序章中不断做这样的重复，仿佛它是早已铭刻在心的咒语，而他无法从中逃逸。可当读到最后一句话时，我还是禁不住动容了。

你很快就会看到，我写下这个故事，是要为这几个不惧怕犯下天理难容之暴行的年轻人做一个见证。同时，在写的过程中，我将解放自己的灵魂，愿它找到平静。因为我不只是一个人，我也是那第七颗螺丝钉。

文章就此结束。

最后，不可回避的还有一个问题，这些乱七八糟的事——从装修房子到神经兮兮的木匠——与书籍和文学有何关系？罗伊与本书的主旨有什么关系？

单凭他亲手给我做了一个书架这件事就足够了。

不过，还有别的理由。罗伊把文稿藏在一个他知道我一下子不可能发现的地方，实际上是留下了一个漂流瓶。罗伊泅水的文稿是用一架电动打字机打成的，我想应该不会再有副本。如果罗伊出了什么事，如果他像从我的生活中消失那样从他自己的生活里消失了，我书中的这些只字片语，将证明他曾经存在过，证明他的确曾想留下一系列事件，来见证自己何以沦为一个过去的影子。这是我给他的让利，免费的，是对他手做书架的象征性的回馈。

罗伊的故事也像一则寓言，体现了知名与不知名的差距在分毫之间。两种状态随时可能互换。难道我不是曾经做着罗伊的工作，而罗伊一时间取代了我的位置吗？难道双膝跪地、满手灌浆剂地劳作，不是我对自己之为一个作家的过度自负所做出的象征性惩罚吗?

实际上,罗伊小说的开头完全可以作为出版提案的一个完美范例。它充满了为人熟知的元素——数字七;布鲁克林七武士;鬼魂、暗影、恶魔等浪漫的意象;以呼唤读者原谅作者罪行为开篇的传统手法——作为提案非常有效。没有什么比提请读者一起去发掘秘密叫人更欲罢不能的诱饵了。尼基、达弗尔和我自己,不也正是因此而咬钩了吗?对我们来说,罗伊仍然是一个谜。

罗伊的故事其实也反映了所有故事之为故事的原因。鲍里斯·皮利尼亚克曾说:狐狸是狡诈和背叛的图腾。狐狸是作家的图腾。要写成他的忏悔,罗伊必须从其他或存在或根本不存在的人身上寻找灵感,所有作家都是这么做的。我写罗伊时,也正像一只狐狸般滑步上前,只从他身上悄悄偷取一小块素材。也许那两页被留下的稿纸并非瓶中信,而是诱饵。

在他列举的所有写书的原因中,罗伊曾提到对正义的寻求。无论成品在艺术上是否有价值,我们对寻求正义的信仰——无论是美学上的、文学上的、政治上的还是个人生活中的——都是导致我们提笔写作的最有力的动机之一。我自己似乎也在追求某种正义。

只要世上还有貌似必须要写的事,只要读者(作者也是读者!)在阅读时产生了必须重写这些事的心,书籍就会一直存在。至于文学艺术本身,谁知道呢,也许艺术的机巧,就藏在一个职业木匠写出我不只是一个人,我也是那第七颗螺丝钉,而你并不发笑的那一刻。

如我所说,整整一年我们没有罗伊一点消息。他唯一留下的只是一个书架,和一张半写着他未成文小说的纸。或许他还在巴黎,靠乞讨为生。或许某个巴黎女人将他收作了随从,于是罗伊又回到了生命中最美好的时光,穿上了新买的阿玛尼短上衣,在巴黎到处走。或许他加入了意大利黑手党,正参与着天理难容之暴行。或许他上错了船,偷渡到了哈瓦那。在我写下这一段时,或许他正在哈瓦那某个车间里,学习怎样卷雪茄烟。或许他已经离开了古巴,想办法搭上了一艘破旧的帆船,去了迈阿密州。或许他此刻正作为一个古巴难民,在自己国家的黑市上打工,修缮被最近一次特大号飓风吹倒的房子。或许他正在蒙大拿州,住在一幢从地窖到屋顶都由他亲手打造的房子里。在那里——在阁楼中一张临窗的写字桌前,罗伊不时眺望窗外骏马成群的绿色草场——罗伊写着自己的小说,《七颗螺丝钉》。或许在我写下这一段时,罗伊文章的平行宇宙里,也正有一个我,过着一种我一无所知的生活。

2000 年

致 谢

《多谢不阅》是作者在两种创作冲动的相互斗争中完成的。一种冲动在作者耳边小声说,一个尊重自我的作者不应该去写一些聪明人不大愿意说的事。另一个声音则相反,它说:自己是否显得聪明,并非一个尊重自我的作者应该过分关心的事。两种冲动的较量导致这本书的书名、风格、口吻以及节奏,都呈现出了现在这个样子。

就这样,《多谢不阅》成了这样一本半虚构、半写实的作品;虚构可能比写实还多一点。其中有些文章,我是假借一个被全球图书市场动态搞得晕头转向的东欧人之口写的,这个东欧人悲观且抑郁,所以我才引了那些屹耳的话作为篇首语——因为据说它是整个文学史上最悲观抑郁的一头驴。虽然我已经极力避免,但文学教授的口吻在这些文章里仍会不自觉地冒出来。而在另一些文章里,读者可能会感受到两种相互拉锯的意志:一方面,作者有志于写得严肃,另一方面,她又怕一旦如此,读者将会感到无聊。每当这本轻松的小书就快落入一种与它主题相称的严肃氛围时,我关于学生的一段记忆就会浮现出来给我警告。我曾问他好书为什么会是好书,他旋即回答:"它必须有亮点!"这本书是否有亮点,我说不好,但我确实为了达到这名学生的文学标准做出了努力。

本书并不客观,也不以客观为己任。有些读者可能会觉得我不遵守学术界著书的惯例,认为这是不守礼法(比如不加脚注、不列书目)。实际上,我至今仍在读(或者说至少在翻阅)一些论述与本书类似话题的学术或不那么学术的著作。这些书里有些成书年代早,有些是我写这本书时才出版的,还有比如安德烈·谢弗林(André Schiffrin)的《图书生意》(*The Business of Books*)和杰森·易卜斯坦(Jason Epstein)的《生意图书》(*Book Business*),是跟本书一起在荷兰出版的。总而言之,《多谢不阅》多少与一些其他的作者、思想和潮流有着这样或那样的渊源,也与某些刊物,比如《消声器》(*Baffler*),以及书籍,比如埃里克·巴诺(Erik Barnouw)编写的《传媒与集团》(*Conglomerates and the Media*)、斯文·波克兹(Sven Birkerts)的《古登堡挽歌》(*The Gutenberg Elegies*)、尼尔·波兹曼的《娱乐至死》、皮埃尔·布尔迪厄的《论电视》及其他几种著作、阿尔文·柯尔南(Alvin

Kernan)的《文学之死》(*The Death of Literature*)、约翰·奥尔德里奇(John W. Aldridge)的《天才与技师》(*Talents and Technicians*)、尤金·古德哈特(Eugene Goodheart)的《文学研究是否有未来?》(*Does literary Studies Have a Future?*)、保罗·福塞尔的《恶俗》、詹姆斯·B. 特威切尔(James B. Twitchell)的《狂欢文化》(*Carnival Culture*)、托马斯·库尔卡(Tomas Kulka)的《艺术与媚俗》(*Kitsch and Art*)、阿尔君·阿帕杜莱的《消散的现代性》、约翰·费斯克的《理解大众文化》、杰弗里·南博格(Geoffrey Nunberg)的《书籍的未来》(*The Future of the Book*)、亚瑟·丹托的《艺术的觉醒》(*The Wake of Art*)和《在艺术终结之后》、雷·布拉德伯里的《华氏451度》、伊塔洛·卡尔维诺的《新千年文学备忘录》和《文学之用》(*The Uses of Literature*)、尼尔·盖伯勒(Neal Gabler)的《生命如电影》(*Life: The Movie*)、阿尔维托·曼古埃尔的《阅读史》、托马斯·弗兰克的《上有苍天,下有市场》(*One Market under God*)、提摩太·贝维斯的《犬儒主义与后现代性》、弗雷德里克·杰姆逊与三好将夫共同编写的《全球化的文化》、齐格蒙特·鲍曼的《全球化》、萨义德的《知识分子论》、约瑟夫·布罗茨基的《悲伤与理智》和马克·罗宾森(Marc Robinson)编写的《集体在别处:被放逐的作家们》

(*Altogether Elsewhere: Writers On Exile*)有相通之处。

我每次以客座讲师的身份去美国访问,都会意识到,在聒噪炫目的文学生活,与围绕它的各种琐事——本书的主题——之外,还存在着一个更隐蔽、更安静的文学世界,它就在大学校园里。2002年春季学期,我在哈佛大学斯拉夫语言文学系任教。我的学生雅各布·爱默里(Jacob Emery)、丽贝卡·莱克(Rebecca Reich)、玛丽杰塔·波佐维克(Marijeta Bozovic)、丹·吉莫尔(Dehn Gilmore)、卡瑟琳·霍尔特(Katharine Holt)、安娜·杰森(Anna Gessen)、大卫·埃默尔(David Elmer)和史蒂文·西格尔(Steven Segal),在文学阅读与译介方面都表现出相当优秀的才能。遗憾的是,当时本书已成稿,否则,本书的基调可能不会这么阴郁,我对文学的将来可能也不会抱着这样大的怀疑。文学是有将来的:文学的将来,就是这些学生。

我想感谢我的经纪人劳拉·苏丝(Laura Susijn)和出版此书的道奇档案出版社(Dalkey Archive Press),本书蒙其出版,可以说适得其所。我还要感谢我的编辑查德·W. 波斯特(Chad W. Post),我从文以来还没有人这么爽快地提出要出版我的书。而当我获悉本书予以出版的消息时，我在阿姆斯特丹福布莱特（Fulbright）任教时的同事，达米恩·瑟尔斯（Damion Searls），又慷慨提出替我检阅书稿。他在本书的风格与内容方面都提出了相当睿智的意见与建议，对此，我深表感谢。

我还要感谢梅瑞德斯·塔克斯（Meredith Tax）、斯维特兰娜·博伊姆（Svetlana Boym）、艾伦·埃利亚斯（Ellen Ellias）、贝卡·福科（Beka Vuco）、玛德琳·列文（Madeline Levin）、伊瓦娜·弗勒提克（Ivana Vuletic）、迈克尔·福莱厄（Michael Flier）、查尔斯·西密克（Charles Simic）、拉里·沃尔夫（Larry Wolf）、埃丽卡·高德曼（Erica Goldman）、普莉希拉·梅尔（Priscilla Meyer）、艾伦·亨德勒-斯皮茨（Ellen Hendler-Spitz）、辛西娅·西蒙斯（Cynthia Simmons）、玛莎·萨克斯顿（Martha Saxton）、丽兹·阿妮（Liz Arney）、苏珊·桑塔格、弗洛伦斯·拉德（Florence Ladd）、迈克尔·亨利·黑姆（Michael Henry Heim），感谢他们在各种场合对我的鼓励。

最重要也是最后要感谢的，是我的译者希莉娅·郝克斯伍兹（Celia Hawkesworth），感谢她多年来与我保持的友谊，感谢她在译介本书及我其他作品时所倾注的心血。

THANK YOU FOR NOT READING
Dubravka Ugrešić
Copyright © 2001, 2003, Dubravka Ugrešić
Simplified Chinese translation copyright © 2023, Beijing Imaginist Time Culture Co., Ltd.
All rights reserved

著作权合同登记图字：23-2023-067

图书在版编目（CIP）数据

多谢不阅 / (荷) 杜布拉夫卡·乌格雷西奇著；何静芝译. -- 昆明：云南人民出版社，2023.8
书名原文：Thank You For Not Reading
ISBN 978-7-222-22073-7

Ⅰ.①多… Ⅱ.①杜… ②何… Ⅲ.①长篇小说－荷兰－现代 Ⅳ.①I563.45

中国国家版本馆CIP数据核字(2023)第166085号

责任编辑： 张丽园　金学丽
特邀编辑： 冯　婧
装帧设计： 陆智昌
内文制作： 陈基胜
责任校对： 柴　锐
责任印制： 窦雪松

多谢不阅

[荷] 杜布拉夫卡·乌格雷西奇 著　何静芝 译

出　　版　云南出版集团　云南人民出版社
发　　行　云南人民出版社
社　　址　昆明市环城西路609号
邮　　编　650034
网　　址　www.ynpph.com.cn
E-mail　　ynrms@sina.com
开　　本　787mm×1092mm　1/32
印　　张　9.375
字　　数　165千
版　　次　2023年8月第1版第1次印刷
印　　刷　山东新华印务有限公司
书　　号　ISBN 978-7-222-22073-7
定　　价　54.00元